MEW...

那天夜晚风吹雨打，我靠在床头玩手机，无意间点进闲鱼。当时我看上的其实是另一只小猫，可在和卖家聊天时恰巧认识了它，属于一见钟情吧。去接它那天，我穿得比谈恋爱时都正式，第一印象里它特别安静，后来，嗯……是我想多了，她实在太活泼、太黏人了。早上我醒来，一低头，她不知道什么时候已经躺在我的怀里睡着了。她叫张小佳，女孩子，一个很可爱的小布偶，我希望它平安健康，快乐长大。

二〇一八年即将结束，二〇一九年春节前两周，我和相交十几年的好朋友去了云南丽江。刚好是我正处于低谷的过渡期，健康状况极差。朋友拉着我跑遍了丽江古城的每一个角落，拍了很多美好的照片。

这是我有生之年最愉快的一次旅行。那天我想写一部一百万字的小说，分成十个短篇，首尾相连。

已经过去快三年，至今我还没有写。

我想让故事里的她无论走去何方，只要回头都有人在。

静远

寂静总在这条夜里

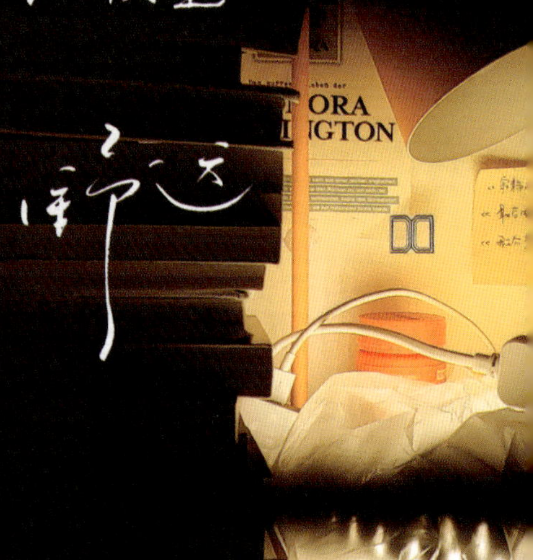

开始装修新家之后，我和他经常往宜家跑。

有时候逛完一圈，什么都没买，就会去出口处买上两个一块钱的原味奶油甜筒，那简直是我吃过最有趣的冰激凌。

我边吃边说：“会长胖的。”

他：“不会。”

我：“谁说的？”

他：“从我们认识到现在，你不停增长的就是你的可爱。”

我憋着笑，这人太会说了。

我超喜欢自己的房间，它很温暖。

大概从东山岛旅行结束回来，我们俩便开始了漫漫装修路。这是在建材城买的餐厅暖光灯带，回到家里他关了房间的灯，插上电源在试光，光芒照在墙上，有斑驳的影子，画面特别温馨，我忍不住拍了下来。

他是一个在外人面前，话特别少的人，腼腆、内向、沉默寡言。现实生活里这样的人总是有一些城府，可他真不是，就是不善言谈。

我经常说：“怎么和我在一起跟变了个人一样，能说十万八千里。”

他只是“嗯”一声，笑笑也不解释。

我最初想改造他，后来放弃了，慢慢觉得这样也很好！对待别人礼貌淡然，只对我热情似火，哈哈哈哈哈，我很骄傲。

有一天晚上，我们睡前照常打电话。

他忽然说：“我们找个空把证领了。”

我心里想的是好啊，可嘴里说的是：“这是求婚吗？你这都没有鲜花和单膝跪地，太不浪漫了，拒绝。”

他沉默半天，说：“那我准备准备。”

一周过去了……

一个月过去了……

等到拍婚纱照的时候，我基本已经放弃了。那天特别冷，太阳出来一会儿就不见了。我们按照摄影师说的姿势，拿着道具摆动作。

他忽然单膝跪地，举着花看我。

我：“……”

这就是那会儿拍的照片。

好像是后来某一天，我想要有一个温暖的房间，便开始买墙纸、便利贴、书架、小置物柜、蜡烛、复古的物件、几盏台灯、小投影仪、拍立得照片、写字纸、铅笔、花、娃娃抱枕，还有很多很多书。这些组成了我的房间，它让我拥有了安全感。

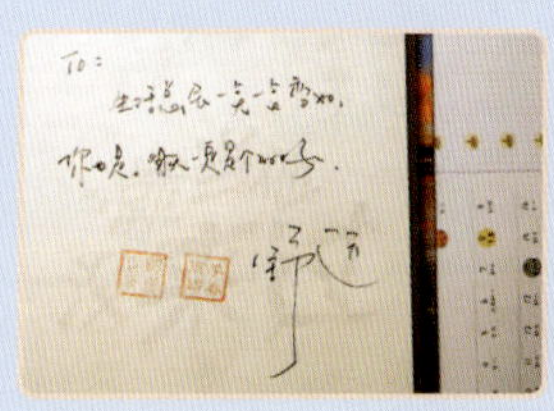

这是一张普通的特签。

李春雨有很多可爱善良的读者，她没什么大的才华，却很幸运能在文字的世界里有一个角落为她点燃一盏灯，已是万幸，不敢祈求。如果许个愿的话，希望大家身体健康。

这是我们结婚后第一个礼拜天。

回老家的路上，他开着车，我睡着了。半路上醒来，发现不在高速上，眼前的一切都很陌生，像走进了一片寂静的村落。

我问他：“走哪儿了？”

他说：“不知道，随便开。”

那天夕阳很好，十一月的天气里有种温暖在。我们就这样哪儿有路往哪儿走，来到了这儿。河很宽，四周一处有很多小船，偶尔碰见一两个人，蹲在河边抽烟，眺望远方。

我挽着他的胳膊，笑说：“好像在海边一样。”

这两年特别喜欢拍照片，特别是去东山岛之前，买了一个拍立得之后。我像一个长不大的小孩一样，脖子上挂着相机，走哪儿拍哪儿。那还是个夏天，穿着单薄的衬衫，我拉着他给我拍照。不得不说，他的拍照技术真的难以言喻，于是我将头偏了过去。

我从前的梦想是，在海边买一个房子。白天看海，晚上看海，有几个朋友，一起喝着啤酒，说着遥远的愿望和现在、未来，没有焦虑，没有欲望，什么也不害怕。朋友一时兴起，拿着手机给你拍照，你直视镜头，目光里充满着平静。

这张照片是我在自拍，他在旁边看我。

我坐在车里，他在车外。后面是一大片芦苇荡，前方是温暖的阳光里祥和的湖面。我当时想起了王家卫的电影镜头，好想点一支烟。

这是咸阳的一个小县城，一代女皇武则天的陵墓就在这儿。老友和她先生从北京回老家，过来找我玩。我们一起去爬山，没有走大路，挑的偏僻小路和树林，走了很久很远，拨过荆棘，边走边说，说起从前。二〇一八年春节，我去北京找他俩，他们带我去居庸关，爬了好久的长城，我站在城墙上傻了吧唧地喊："啊——"他们还记得。

十月是农忙的季节，家家户户的门口坐满了人，掰着玉米，说着话，平常日子温暖也常在，这种亲切感让人觉得世界很敞亮。

这是他外婆家门口。

我在拍照，他外婆在旁边笑着看我。

魅丽文化

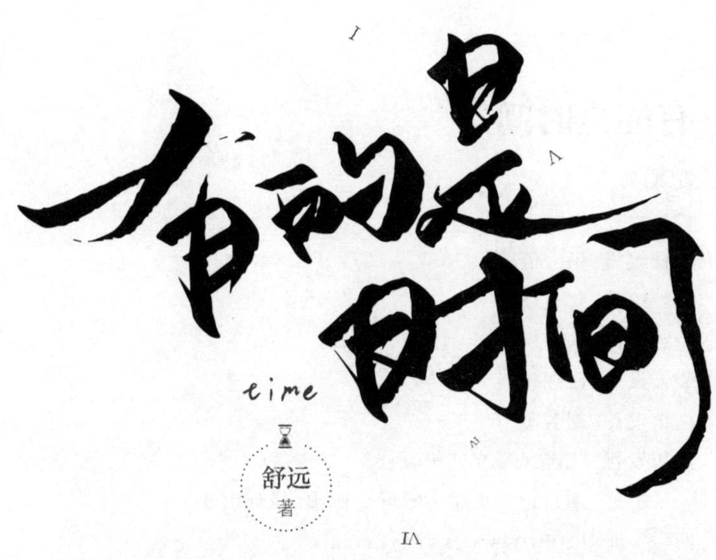
有的是时间
time
舒远
著

江苏凤凰文艺出版社
JIANGSU PHOENIX LITERATURE AND
ART PUBLISHING

图书在版编目（CIP）数据

有的是时间 / 舒远著. — 南京：江苏凤凰文艺出版社，2022.6（2024.10 重印）
ISBN 978-7-5594-6312-8

Ⅰ. ①有… Ⅱ. ①舒… Ⅲ. ①故事－作品集－中国－当代 Ⅳ. ① I247.81

中国版本图书馆 CIP 数据核字 (2021) 第 195234 号

有的是时间

舒远 著

责任编辑 张　倩
出版统筹 曾英姿
特约编辑 喻　戎
装帧设计 白砚川
内页设计 刘芳英
出版发行 江苏凤凰文艺出版社
南京市中央路 165 号，邮编：210009
网　　址 http://www.jswenyi.com
印　　刷 湖南天闻新华印务有限公司
开　　本 880mm×1230mm　1/32
印　　张 11
字　　数 244 千字
版　　次 2022 年 6 月第 1 版
印　　次 2024 年 10 月第 7 次印刷
书　　号 ISBN 978-7-5594-6312-8
定　　价 48.60 元

目录

CONTENTS

第一篇章

我们与生活的相遇

第二篇章 藕花深处

木槿篇

山茶篇

红掌篇

第三篇章

无端欢喜

姜荷篇

玉簪篇

第四篇章 孤独也是很好的事

上春篇

花朝篇

樱序篇

第五篇章

世界是安静的

纯阳篇

芒种篇

季夏篇

第六篇章 我要去看遍世间万物

白露篇

盛秋篇

桑落篇

第七篇章

一直游到海水变蓝

孟冬篇

长至篇

岁终篇

第八篇章 藏于江海

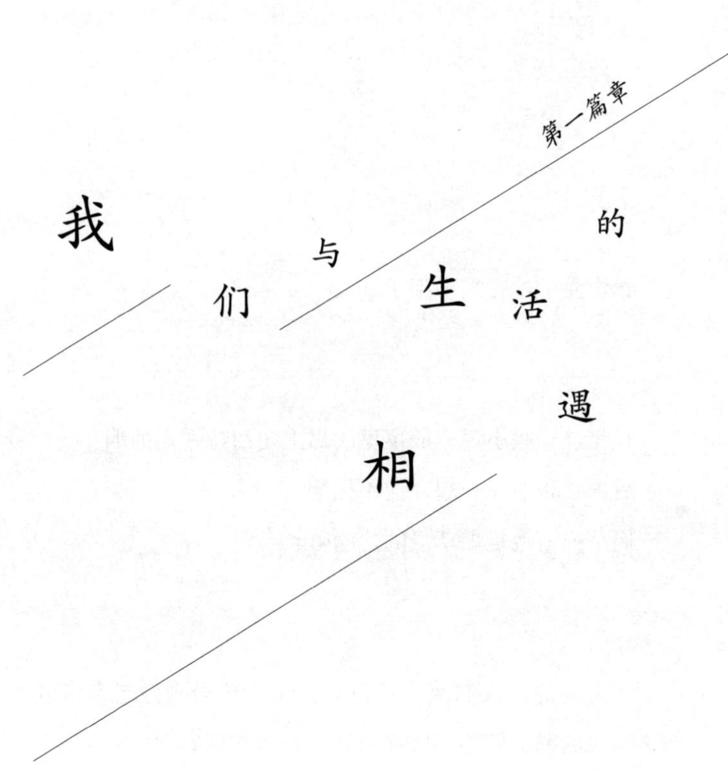
第一篇章
我们与生活的相遇

香兰篇

我喜欢他的99件小事

1.

我恋爱了，有大半年了。

2.

我写过一些小说，故事里的男主角都特别爱抽烟。

后来我和他在一起，他不抽烟。

但是……他是烟草局的，哈哈。

3.

因为疫情，我们两个月没见面了。那天刚好老家亲戚结婚，我在去酒店的路上问他：“在哪儿下车等你啊？”

他说：“你就在那儿，我过去找你。”

后来我在酒店的婚礼三楼转了一圈，他打电话说到了。我跑下楼，穿过停车场找他，他就站在那儿，说：“我看见你了。”

我一回头，他已经笑着走了过来。

那天太阳特别好，他穿得很休闲。我刚走近，他就张开双手就把我抱起来，还转了个圈。

我们在酒店大楼下的停车场拥抱了很久，我喜欢他抱着我的样子。

4.

我问他："我重吗？"

他说："倒是不重，就是抱着你的时候觉得……密度大了。"

我吸了一口气："你想说我长结实了是吗？"

他笑："没有没有。"

5.

我们也吵过架，每次吵架都是我在说，他会沉默。

有一次不知道说起什么问题，我气得不行，让他挂电话，我不想说话了。他就是不挂，却也不说话，过了一会儿还问我："是不是特别想打我？"

是……啊……

6.

我比他后知后觉。

这段感情是他先开始的，他比我能坚持，也比我想象中做得更好。

慢慢地我发现，细水长流和日久生情都很好。

我曾经问他："你会选择适合的还是相爱的？"

他说："我两个都要。"

7.

他很温和，脾气也挺好。

8.

他说："喜欢你，是因为你好，不是因为你对我好。"

9.

有一次我问他什么是孤独？

他说："孤独就是每天一睁眼，你没有一个可以依靠的人，但依靠你的人很多。"

10.

他周末来西安，我们去看电影。

等《叶问 4》开场的时候，我和他坐在外面，谈起我很要好的一个女朋友。她怀孕七个月了，过年去老公家，还要挺着肚子一家家地走亲戚。

他忽然说："你要是七个月，我哪儿都不让你去。"

11.

后来我问他："你喜欢小孩吗？"

"不喜欢。"他说。

"我也不喜欢，总觉得自己还小。"我和他说了一堆，然后问，"我们不要小孩行吗？"

"问题不大。"他说，"要娃是结果，咱注重过程。"

我瞪他下流，又问："你爸妈那边怎么办？"

"还能怎么办，赖着呗。"他说，"但你要想清楚一个问题。"

"什么？"

"要不要小孩没关系，重点是人过了四十岁以后，可能你会觉得孤单，羡慕别人家有小孩。你只要能接受这个，不后悔，我都行。"

12.

我们俩之前都没什么特别好的恋爱经验，彼此都在摸索着前行。

我被前男友伤害过就不太相信爱情了，直到遇见他，才忽然发现，爱情这玩意儿还是这么神出鬼没，抓心挠肝的。虽然我们也有过吵架以及不开心的时候，但开心的时候还是很多。

昨晚我问他，你觉得谈恋爱前的生活舒服，还是现在这个样子好？

他说："如果必须选择一个的话，那我更喜欢现在这种状态。"

13.

我发现别人家的男朋友送女朋友的礼物都是口红、娃娃什么的。可他偏不。我们从交往到现在，他送我的都是——日历、石头、睡衣、保温杯、铅笔、零食……还有一本书。

我说："你知道我喜欢书，为什么不多买呢？"

他说："男人就得送有趣一点的，书不行。"

14.

昨晚和他聊天，我说起："又是平凡一日。"

他说："今天也很好啊，没什么坏事。"

15.

刚刚他发消息说下班了，明天单位检查要穿工装。

我问他工装什么样子，他说：“就是西服。”

可他平日不喜欢穿西服。

我说：“一定要拍照给我看，不然追你们单位去。”

他说：“你不是见过？我们还不认识的时候。”

我故意：“有吗？那不算。你不拍打断你的腿。”

他：“拍，拍呢！”

我心里一直笑。

16.

他的声音很好听。

17.

现在是清晨七点多，我睡不着给他发微信。他这个人不睡懒觉，早上醒得也早。不过几分钟，他电话就打了过来，然后陪我聊天。

我抬头看着墙壁，耳边听他低语。

忽然觉得，这样真好。

现在的他是最好的他，现在的我还不算最好的我，但我会特别努力，请菩萨保佑。

18.

这个周末他开车来接，我们出去郊游。

在回西安的高速公路上，他打开车里的音乐，放着歌。

阳光特别好，我迷迷糊糊睡着了。

他一边开车，一边不时地摸我额头，嘴里还念叨：“怎么这么烫呢？”

太阳晒的啊！

19.

昨晚睡前忽然想起，打电话问他：“昨天下午你车里放了一首歌，有一句歌词好像是‘你的什么存在我的爱情里’，什么歌你知道吗？”

他想了一会儿，就发了一个版本到我的微信上了。

我当时都快睡着了，于是没有打开听。今天早上七点醒来，看见手机里有一条消息，是他发的那首翻唱。

微信上显示是张小伙和粥粥唱的《是非题》，我一边听一边笑，然后他的电话就打过来了。

20.

这首歌真的好温暖，听得我想立刻和他扯证。

21.

他唱歌很好听，不过唱得不多。昨晚下了班，这个人好像歌神附体，一口气唱了好一会儿，然后特好意思地发给我。

我微信里他发来的语音方阵整整齐齐排着队，当时我还坐在爸妈家的沙发上，只能小声地听。

还记得几个月前威逼利诱他录一首歌给我，是徐佳莹的《失落沙洲》，每次听都会笑。

今天早晨听《是非题》的时候，我对他说：“你哪天唱这首给我听好不好？”

他回答得很利索：“好啊！”

我还没开始笑，便又听见这个人道：“下个月吧。”

我：“……”

好想打他。

22.

昨晚聊起生小孩。

我说：“你以后想要几个小孩？”

他说：“不想。”

我说：“好好回答。”

他说：“我就想要你这一个小孩。”

23.

我晕车晕得特别厉害，但坐他和我爸的车从来不晕。

24.

他来市公司开会，我在门口等，然后给他发自拍：“我穿得很热。”

他微信回：“太好看了。”

我：“……”

过了会儿，我问他：“你是因为颜值爱上我的吗？”

他：“是的，我就是这么肤浅的人。”

25.

朋友刚生了小孩，便和她老公吵架，给我发消息一直哭。我安慰了一天，忽然就有点恐惧婚姻了。

晚上和他说起，便问："你恐婚吗？"

他说："我不。"

"为什么？"

他脱口而出："因为是你啊！"

说完，我们俩都笑了。

26.

他看起来不是一个能言善辩的人，给别人的印象一直都是腼腆、内向。

可他在我这儿原形毕露，话简直不要太多，他就是在扮猪吃老虎。

27.

我一般睡觉前需要点东西催眠，比如安静的纯音乐，或者安静一点的电影。

前几天我睡前打开电影，人就睡着了。第二天六点忽然被吵醒，发现我忘了设置"播完本集"，手机流量还开着，电影播完就自动跳转到电视剧，已经播到了十几集？！

他醒得早，电话打了过来。

我哭："惨了。"

他听完想笑，我气得想打人。很快，手机响了一声。我打开一看，他给我充了一百块话费。

28.

他不太会哄人，但很多时候说的话都会让人眼窝一热。

他说话特别直男，但都很实在，而且说到就一定会做到。

29.

那天我忽然莫名地害怕，于是给他发微信说：“我有种预感，感觉最后和你结婚的人不是我。”

他说:“这个啊,很好解决,五一大家出来集体见一见,六月登记。”

说完他笑了。

我：“正忧伤呢，你这人。”

他说：“不怕。”

我：“啊？”

然后便听见他说：“有命活着，就有命娶你。”

再然后，他的电话就打了过来。

30.

他的工作需要经常打电话，可他生活中不太喜欢打电话。而我的工作需要经常看微信，可我生活中却更喜欢打电话。

和他微信聊天时，只要我的语气稍微有一点不开心他都能感觉到，然后他会立刻打电话安慰我。

我们俩最好的一点就是彼此能互相理解。

31.

我时常感到焦虑。

有天晚上聊天，我和他说了很多，有过去的一些挫折，也有迷茫往后的生活，不知道该怎么办。

我总结：“大概就是惶恐未来。”

他说：“你不是。”

我：“啊？”

他说：“你只是对现状不满。”

32.

我感慨：“时间过得真快。”

他缓缓开口：“你知道吗？人给时间下的定义是匀速的。”

33.

前段时间我和我妹出去逛街，看中了一件外套，我一边试衣服一边拍照给他看，问他怎么样。

他说：“勉强及格吧。”

后面我们又去了“三福”看胸衣，我不好意思地给他拍了一张照片。

晚上回去我给他打电话，说起白天的照片。

他说：“外套像桌布，胸衣像窗花。”

你们都不要拦我，这次我一定要打他。

34.

有一次我们说起现在的离婚率太高，我说：“女人太可怜了，三十来岁身体各种变化不说，如果离了婚，想找一个特别好的男人很不容易。可男人就不一样了，四十还一朵花呢，照样可以找那些年轻女孩。我觉得法律应该改一下，婚姻里不管男女双方谁有错，只要离婚，所有财产都归女方，你说会不会降低离婚率？”

他淡定地说：“我觉得会极大地降低结婚率。”

35.

我偶尔会问一些比较幼稚的问题，类似那种“你会对我好吗？如果会，能有多好”的幼稚问题。

那天我又问了一个，他说：“回答这种问题会降低我的智商。”

我说：“不行，必须回答。”

结果他忽然问我：“你大四的毕业论文写的什么还记得吗？”

我纳闷他怎么突然问起这个，还特别认真地想了一会儿。

我大学读的地理科学，主攻建筑测量。毕业论文本来想写无人机的，那一年无人机还没有大范围普及，如果论文写好了会是一件特别牛的事。但当时我的指导老师不是无人机专业的，我担心我论文过不了，于是改了名字，写了城市绿地遥感。

他听完，慢悠悠地说：“我记得很多人写毕业论文，老师都会给一个意见，说题目太大了，让换一个范围小一点的。”

我：“嗯？”

于是他说：“你刚才那个问题就太大了。”

我：“……”

原来他在这儿等着我呢。

36.

又想起“可可爱爱”这个词了。

有一天晚上，他开车来西安接我，我坐在副驾驶座睡着了。

后来他在微信上说，当时看见我睡着的样子，那种感觉怎么说呢？用“可可爱爱”这个词来形容刚刚好。

要不是高速公路停不了车，他还真想亲我一口。

37.

有次坐他车，车开到一处偏僻路上，我把手放出去。

他说：“手拿进来。”

我当作没听见：“风好大好软。”

他叹口气：“算了。”

我正纳闷，随后耳畔又响起了一句：“你没手了我也要。”

38.

现在是上午十点，我还在听张小伙和粥粥的《是非题》，听到那句“你的呼吸存在我的爱情里”。

此时此刻，好像又回到那个阳光很好的下午，我迷迷糊糊一偏头，他开着车，车里放着歌，歌手唱到“我爱你”。

39.

我想做一个温柔、敏感和灿烂的人。

40.

我和他说，有时候我想舍弃人类的身份，想成为风、雨、树、大海什么的。他往往听而任之。

我说我想成为树，他说：“那我做考拉。”

我问：“为什么？”

他说：“天天挂树上。”

想起去年第一回和他说不想做人，他说那就不做人了，做头小虎鲸。我问他为什么，他说小虎鲸身体素质好。

我忽然就笑了，问他：“那你呢，做什么？”

他说：“海豹吧，整天被虎鲸追杀。”

41.

前两天是五月二十号，我们俩都忘了。

后来经朋友一翻鼓捣，说给他提醒一下。我是不在意这些日子的，却也有些蠢蠢欲动，想知道他的反应。

于是我发了一条微信：“今天 520 哇！”

过了一会儿，这人“噌噌噌”发来三个红包。我吓了一跳，过生日都不见得这样，问他干吗给这么多。

他发了一个哭的表情：“我忏悔啊！”

我当时就忍不住笑了。

42.

生日那天，他开车，我们去了白鹿原，绕着小吃街走了一圈又一圈，吃了酸辣粉、烤香肠、冰激凌、樱桃，还喝了花茶，然后一起牵手走高高的玻璃栈道。

我从高空的玻璃护栏上踮脚探头，他吓得把我拉下来，我笑他胆小。

回家路上，我在车里看他送的礼物。

他是个钢铁直男，人家女朋友过生日送的都是口红、包包、裙子什么的，你们猜他送的什么？！

一个猫系坐垫……

我说："你实在想不出来送什么就百度啊！"

他一脸嫌弃："那些都太常见了，想着给你买裙子，不过你说过我眼光不好就没敢买。这个坐垫还不错，我看了很久。"

我："……"

43.

我拿起垫子打了他很久。

44.

因为我经常要坐在桌前看书写字，他总叮嘱我要多活动肩颈，觉得买个垫子会对我有帮助。这种想法挺好，可我还是想"打人"。

那天，我们在车里多待了一会儿。

下车的时候，他抱了我一下。

他不抽烟，车里太热有些许汗味，然后我听见他在耳边轻声说："生日快乐。"

45.

他的声音很好听，特别干净。他还会在晚上唱歌给我听，听着听着我就笑了，笑着笑着就睡着了。

46.

每个周末他都会开车接我出去玩，我们差不多已经走遍了西安周边，像袁家村、白鹿原、昆明湖和泾阳的茯茶小镇。

他开车，我坐在副驾驶，窗户半开着，车里放着歌，我拿手机拍各种各样宽宽的、长长的马路。

上周逛完小镇，我们去乾陵爬山。他直接把车开到半山腰，我们下车后一路走石头路，有些陡峭。

后来走累了，我们坐在石头上休息，下面就是陡坡。他坐在那儿，我站起来往下看，一回头，他的一只手轻轻拉着我的衣角。

47.

那天在茯茶小镇玩，看见卖糕点的小吃摊。

我瞄了一眼，他拉着我的手，笑着说："来，喂小姐吃糕。"

48.

他导航的时候会用手机连接车里的蓝牙，我这边连不了。

有一次出去玩，我说："我想听歌。"

他按了两下手机，过了一会儿，我有些疑惑："怎么有点像我手机里的歌？"

他笑："放的就是你的。"

我十分惊讶："我手机不是连不上吗？"

他笑："我收藏了你的网易云啊！"

49.

高速公路上，他给我讲有关安全驾驶的小知识。

我头疼："好麻烦，不想学车。"

他笑。

过了一会儿，我看见路边有人停车。

他说："像这种就挺危险。"

我问他："那需要停的话怎么办？"

他说："一百五十米外放三脚架，开双闪，人站在护栏外。"

我喜欢他科普时的样子。

50.

有一次聊天，我问他："你在意女孩子是处吗？"

他想了想说："没那么在意。"

于是我说："如果你和一个女孩子交往的时候，她告诉你说她不是，你会怎么办？"

他说："嗯，知道了。"

我愣了一下："好好说，怎么办？"

他说："我说我知道了。"

"这就完啦？"

"那不然呢？"

这个人真是。

51.

我有时候对平胸这件事儿挺在意的。

他说："我觉得挺好，平胸穿衣服好看。"

我觉得他是在安慰我，还挺沮丧的。我低下头，扯了扯衣服，情绪有些低落："哪儿好看啊，我都没胸。"

他在电话那头笑："说明是公主啊！"

我："为什么？"

他说："太平公主啊！"

52.

我时常会问他一些比较幼稚的问题，比如："你什么时候喜欢我黏你啊？"

他会说："我需要你黏着我的时候。"

这个回答，我忍了。

又问："我黏你吗？"

他说："'姨妈'来的时候会。"

好吧，原谅你了。

53.

那天他说："我给你搞个小灭火器吧。"

我："啊？！"

他一本正经道："单位每年都有消防演习，连带着推销灭火器的那种。我觉着看着还不错，给你搞一个放房间里。"

别人过节过生日，男朋友都送项链、口红、包包好吗？这个人除了发红包就只会送我石头、日历、坐垫啥的，这回居然送我灭火器？！

我：“你干吗？”

他云淡风轻地说：“要我提醒你吗？你那房间就是个一级火灾现场知道吗？！”

我：“……”

54.

朋友有一次开玩笑说：“别人结婚，一屋子漂亮的嫁妆。你结婚，一屋子书做嫁妆吧。”

我想想，也挺好。

55.

我挺害怕养小孩。

总觉得我连自己都养不好，怎么可能去教好一个小孩，还得让他积极向上的生活，想想就很难。

有一回我想起伤心事，便说：“生小孩挺害怕的，要是以后万一我难产啥的，你也别一个人将就，再找个人凑合过吧。”

本以为他会说什么让我感动的话，正想着可以被他好好地哄哄，便装成一副还挺难过的样子。

结果这个人说：“什么凑合过？我要和人家好好过。”

等着，我去拿刀。

56.

睡前一答。

我：“你夸我两句。”

他：“人美、心善、声甜。”

好的，本人心满意足地睡啦！

57.

我俩拿了桃子出门散步。

我先吃了一口：“挺酸的。”

他：“幸亏我没先吃。”

我又咬了两口，和他说：“其实里面挺甜的，你要不要尝一尝呀？”

结果他说：“别想骗我。”

我：“……”

随后，我们散步到一家饺子店门口。

我说：“咱俩谈恋爱的时候还在这儿吃过。”

他冷冷道：“那是你还不太爱我的时候。”

58.

有一回问他：“你最喜欢我什么？”

他说：“讲道理，严格。”

我很惊讶：“还严格啊，我挺懒的。”

“你不懒，你是要求高。”

挺乐。

59.

我很容易心软。

有一次坐地铁，一个女孩子拿着一张纸，指了指自己的嘴巴，意思是说不了话，让我签名捐款。

我感觉聋哑人挺可怜的，人家说给二十块，我给了五十块。

后来看新闻，说这些地铁乞讨者都是骗子。

他说："有些人就喜欢投机取巧，不劳而获。"

我一想，还真是。

这个人又说："我们也去化个妆要钱。"

60.

朋友最近喜欢上一个男生，对方比较冷。她一门心思地追，还问我："七夕节送啥礼物好？"

我想了想，寻求他的意见。他想了想："那个男的如果喜欢她，送什么都喜欢。再说了，就算真买了，他也不会当面说不喜欢啊！"

"也对。"我点头。

他说得还来劲了："就比如我给你买个东西，你难道会当面说不喜欢？这种话怎么说得出来。"

我脑子一转，问他："你喜欢我送你什么？"

他说："你买的我都喜欢。"

我嘿嘿直笑："可是你买的东西我就不见得都喜欢，想想你送我的垫子、石头、灭火器……"

他沉声道："你这个小浑蛋。"

哈哈哈！

61.

有好几次让他起床叫我，结果他老忘记。

那天和他算账：“你都忘记两次了，是不是压根就没把这件事往心里放？”

他支支吾吾，我有点难过。过了一会，这人才小声说：“舍不得。”

我听清了，故意闷闷地“嗯”了一声。

他大概是不好意思，有些难为情，于是端着一副嘴硬的样子说：“你又没什么事起那么早干吗？想让你多睡一会儿。”

62.

让他用“如果……就好了”造句。

他说：“如果你是一只猫就好了。”

我问他：“为啥？”

他说：“猫的心思藏不住。”

63.

看了《三十而已》林有有吃冰激凌的那段表演，我很生气。

我问他：“要是有个刚认识的女生，在你吃冰激凌的时候，凑过来舔了一口，你怎么办？”

他说：“继续吃啊。”

我：“啊？”

他说：“把那块削掉，继续吃。”

我：“……”

他说：“不能浪费。”

64.

我问他："你最安心的事情是什么？"

他想了想，说："看你睡觉。"

65.

半夜睡不着，爬起来想到几件小事。

这些年我性格孤僻，消沉厌世。和他刚开始谈恋爱时，还会装出一副很开朗的样子，慢慢地，就现出原形。

我说："我这样消极的性子，你能接受吗？"

他笑我胡思乱想，然后说："当然能，要不然早跑别的妹妹那儿去了。"

我打断你的腿。

66.

我们偶尔会讨论一些世纪难题。

比如：你妈和你老婆掉水里，你先救谁？保大还是保小？婆媳吵架你站哪边？

我还挺期待他的答案的。

结果这个人道："我觉得能问出这种问题的人都有点蠢，《婚姻法》早就已经告诉我们正确答案了。"

我一脸蒙："啥？"

他慢悠悠地说："《婚姻法》中，一切应以夫妻关系为核心。"

大哥，请受我一拜。

67.

相识、磨合、热恋、平淡，这是恋爱时的各种时期。

那天问他：“咱们俩现在是什么期？”

“老夫老妻。”

我：“……”

“如胶似漆。”

我笑：“哈哈。”

68.

今天来例假，腰都断了。

我给他发消息：“疼得打滚，可以表演猴子抱西瓜。”

他开车停在路边，回我消息说：“上次开车还记得吗？路边蹭了一下。”

“树枝划啦？”

他说：“今天发现，刮了好长一道印。”

说完又发了一个亲亲的表情，然后拍了张路边的风景照发过来。我问他要不要紧，要不要去修车那儿看看。

他说：“不要紧。”

我松了一口气，又听他道：“该开还是开。”

我反应很慢：“干啥亲我？”

他说：“想亲。”

我的肚子忽然不疼啦！

69.

那天看《三十而已》。

晓芹和陈屿吵架，谈到两个人谈恋爱那会儿吃饭都坐一起，不知道什么时候起就开始面对面坐了，还很伤心的样子。

我忽然想起我们俩每次出去吃饭，他都和我坐一边，我坐里边，他坐外边。有一次我要面对面坐，他不肯，就说就坐一边。

我比较后知后觉，看了《三十而已》这个片段，猛然醒悟。

晚上打电话，故意问他为啥喜欢坐一边。

他沉默了一会儿，说："离你近。"

70.

他对我说得最多的一句话是："没事，信我。"

他对我说得最好的一句话是："不怕，别慌。"

71.

我们昨天拥抱的时候，我的下巴搭在他的肩膀上。

他问："长高了？"

我说："踮着脚呢。"

他抱着我弯腰俯身，我踏实地站在大地上。

72.

今晚回家，他打电话过来。

一顿苦口婆心："你这一天又是两顿饭吧？"

我："是啊！"

他言辞特恳切地吓唬我："你这不好好吃饭肯定到时候胖一圈，给你改个名字，叫李千金。"

我咬牙切齿："嫌我胖是吗？"

他："不敢。"

哼！

73.

晚上我和我妹聊天，说起谈恋爱。

忽然想起有一天刚下班，他发消息说在肯德基吃东西。

我当时在忙别的，还不太饿。过了一会儿，有人打电话让我拿外卖，也是肯德基。

后来，他打电话过来，问我："拿到了吗？"

我说："拿到了，你订这个干吗？"

他说："想让你和我吃一样的。"

74.

我吃饭一点也不挑。

他说："你嘴巴比较糙。"

我一愣，这形容词？！

"你再说一遍。"我看着他。

他换了一种温和的表达方式，先笑着拉过我的手，说："你是有盐就好吃，容易养活的那种。"

我："……"

75.

他老说我：“脑袋好圆，很治愈。”

我说他：“看你后脑勺，有点方。”

他说正好，咱们俩天圆地方，组成了一个完整的世界。

我无言以对。

76.

我不爱看微信，朋友圈也关了。

晚上他问我：“你是不是有爱奇艺会员？”

我说：“没有啊！”

“你那不是自动续费吗？”

“我关了呀。”

他说：“你还会关这个？”

说得我好像刚下山的野人一样。

77.

今天他说我：“你是瓜子脸。”

我一听，心花怒放。

“真的吗？”我忍不住问。

“真的。”

我开始乐，接着又听他道：“西瓜籽。”

我：“……”

78.

聊起妈宝男。

我问他："你有这种倾向吗？一般听你妈的还是你爸的？"

他说："我谁的都不听。"

我在心里哼一声："以后得听我的。"

他："好吧。"

79.

他晚上喝了点酒，有点亢奋。

我："给我唱首歌吧。"

他："我没有那么想你——"

我："……"

这人接着唱："那只是偶尔醉意会催人提起。"

80.

前两天他来我家，走的时候把饮水机关了。晚上我去倒热水，接了半天，凉的。我给他打电话："你回就回吧，关我家饮水机干吗？"

他说："安全。"

我："……"

81.

睡前一答。

我："说点好听的话吧。"

他："你是世界上最可爱的小姑娘。"

82.

很多读者好奇我和他是怎么认识的。

是相亲。

他妈妈在朋友圈发了一张他的照片，问有谁认领。然后我姑婆，也就是他妈的同事，把我的照片给了他妈。

还是一张我穿着绛红色西服的工作照。

那是我参加工作的第一个春天，我穿着工服去拍照片，还一脸病秧子的样子，瘦瘦的，短发别在耳朵后面，看起来不像二十四岁倒像是四十二岁。

据他回忆，那天他、他妈、他表妹，三个人坐在沙发上，挑着茶几上收到的一些女孩的照片。他妈和表妹兴致很好地在里面挑喜欢的女孩子，而我的照片孤独地被放在一旁。

他这个人，就有点意思。

大概是破罐子破摔，想和他妈对着干，他对着桌角那张孤独的照片说："我就要这个。"

于是，我们俩就这样拴在一块儿了。

二〇一九年，他二十七岁 ，我二十五岁。

83.

二十五岁的时候，我不打算谈恋爱。我还和我爸妈聊过，再给我一年时间，让我享受单身的快乐。

可这一回，我姑婆强势牵线，还把他牵给了我。

我平时不太用微信，性别标注还是男。

他加我微信的那天晚上，我们俩聊了五分钟。

第二次聊天，是一周以后，我没啥想法，他也是被家长逼着走过场。

姑婆给我们俩同时打电话，说要主动。

于是在我已经算是客气的一句“你要是没那个意思，就做朋友，实在不行，就算了”的回复里，他发来消息，先是道歉，然后便开始聊得一发不可收拾。

有些奇怪，我们俩聊的东西天南海北乱七八糟的，却很少冷场。

第一次通话，是在一个夜里。他和同事应酬，喝醉了酒，凌晨两三点给我发微信语音：“你说人活着是为了啥？”

我很蒙。

大概是他的声音很好听吧，喝醉了也很好听。我居然笑了，听着他这句话好多遍，笑得可大声了。

84.

昨天他们单位有活动，他要演讲。

他发过来的视频里，他穿着西装拿着话筒，说着我听不懂的专业术语，声音是真好听。

想起有天晚上，我缠着他唱歌。

他声音低沉：“约你你说不来，来了你情绪又不高，大家开开心心出来玩，你却埋头吃饭。”

85.

有一天中午我们一起回他老家，吃完饭，我们俩都困了，然后就去睡觉，他妈去洗车。

结果我一觉醒来已是下午五点。

我从床上坐了起来，他和他妈妈在客厅收拾东西，看着我一脸懵懂地坐在床边，笑着说："醒了？"

我："我睡了很久吗？"

他："很久，我亲都亲不醒。"

我："……"

他看着我笑了，说："起床，我们回西安。"

他妈路过门口，看着我们俩，她也笑了。

86.

我们俩有一次去吃海底捞。

隔壁在过生日，听起来特别热闹，可是旁边的挡板太高，我看不到，有些沮丧地对他说："我站起来会不会很尴尬？"

他说："我跟你一起？"

于是，我们俩就真的站了起来。

对面在唱："对所有的烦恼说拜拜。"

87.

睡前一问。

我："大象放进冰箱分几步？"

他睡得迷糊："一步。"

我："错，三步。冰箱门打开，大象放进去，冰箱门关上。"

我："长颈鹿放进冰箱分几步？"

他："一步。"

我："错，四步。冰箱门打开，大象拿出来，长颈鹿放进去，冰箱门关上。"

我又问他："动物园开大会，青蛙要经过一条鳄鱼河才能去。怎么办？"

他："不知道。"

我："游过去，鳄鱼去参加大会了。"

最后一个问题。

我："动物园开大会，谁没去？"

他："长颈鹿。"

这人挺清醒啊。

88.

晚上和他打电话。

他问我："在哪儿？"

我说："在床上。"

他："你这个人，我是问你回家了还是在单位。"

我："哈哈！"

我向他诉苦："人活着太辛苦了，你不算计吧，会被欺负；算计吧，做人太累，想去流浪，你会同意吗？"

他说："一般人不会选择这样奇奇怪怪的路。"

"流浪很奇怪吗？"

他沉默了一会儿："这么跟你说吧，最近市面上出了 iPhone 12 和 iPhone 12pro，对一般人来说 12 就够用了，可是有很多人也想买 pro，功能稍微好一些。如果对 pro 有些犹豫，我建议还是不要买，没什么用。”

我：“……”

他说：“你现在就处在 12 的阶段，目前一切都刚刚好，如果对未来犹豫，就不要急于决定。”

这一瞬间觉得他光芒万丈。

89.

最近胖了。

刚打电话，他安慰我说：“你见过那种灵活的胖子吗？”

我听错了：“灵活的胖次？”

他：“你这脑子里想什么呢。”

我还是没明白：“胖次（日语）不是内裤吗？”

他优哉道：“这就叫仁者见仁。”

拿刀来！

90.

忽然想起，我们俩第一次见面是在聊了微信两个月后，他要来咸阳培训，说顺道和我见一面。我不太愿意，因为当时姑婆介绍时我就说了年前不见，姑婆说男方同意先聊着。

后来说起，他给我的回话是：“没这回事。”

我：“……”

那次见面，我花钱专门化了个淡妆，穿着白色羽绒服、棉质短裙、打底裤，在单位宿舍等着。

手机响，一看。

他发消息说：“堵车，等我一会儿。”

我喘了一口气，睡着了。过了一会儿，电话直接响了。

他说：“我到你单位门口了。”

我匆忙从床上爬起来，捯饬了一下头发，走了出去。

他的车停在门口，我出去的时候，他从车上下来。有些腼腆的模样，身高一米七八，穿着短外套，拉链敞开着，瘦瘦高高的，看起来挺干净。

我们在咸阳湖走了一圈，吃了一顿便饭。他送我回单位，天已经黑了，正要说再见，他特别正经地看着我说：“我觉得挺好的。”

我：“……”

然后他就倾身抱了我一下。

91.

后来提起这次见面，他说：“第一眼就觉得和照片不一样，你把头从大门里探出来，小小一只，比照片上可爱。”

这还用说。

92.

说一些好玩的事吧。

我们俩上周去商场挑订婚礼物，我看上了一个很好看的金手镯，但是很贵，我不想让他买，拉着他说再转转，万一遇到更好的呢。

后来没挑到，又原路折回。

我看他：“太贵了，把你吃穷了怎么办？”

他摸摸我的头：“放心，老公有钱。”

93.

星期五的傍晚，我们一起回家。

我给我爸打电话问他要不要吃点什么，给他带回去，我爸回复说买些猪肚什么的。

我们去熟肉店，桌子上摆了一堆猪肠、猪肚和猪耳朵，居然还有猪鼻子？！

我问他：“猪鼻子还能吃？”

他说：“能啊，鼻子和耳朵是一个道理，学名叫猪拱。”

我还挺惊讶，活这么大有些“五谷不分”，很多东西不知道也记不住，就这么糊里糊涂过去了。

第二天我们一起去商场买礼物，当时正站在扶梯上，他忽然对我道：“扶手带的速度要比扶梯快一些，你知道为什么吗？”

我：“为什么？”

“这样的话能保证人不向后倒，维持平衡。”

我：“好吧。”

他将手搭在我的肩上，说：“每天学习一个小知识，想一想，我们昨天学了什么还记得吗？”

我反应贼快：“猪拱。”

他笑眯眯道：“真乖。”

94.

晚上，我们在看电视。

他拿起我的手机：“换新壳了啊，没之前那个好看。”

我一个眼神过去。

他忽然道：“这个好看。”

我：“……”

此人变脸如此之快。

95.

我跟他正在打电话。

我：“唱首歌吧。”

他：“今天开始我要自己上厕所，爸爸妈妈你们不要小看我。”

我：“你在哄我睡觉吗？”

他笑。

幼稚的男人啊！

96.

还是打电话。

我说：“你得对我宽容点。”

他：“啊？”

我：“比如，我可以对你生气，但你不能对我生气。虽然我觉得我这样不对，但我还是希望，不管我做什么，我可以生气，你不能。”

他笑了笑。

我：“你是不是想骂我？”

他：“不，我想打你。”

哈哈哈！

97.

听见他说："bao（第四声）……"

我过去抱了他一下。

他："包，包。"

我："……"

原来是让我给他递包。

98.

有一件小事。

他和别人说话时都很一本正经，可和我说话却感觉不那么成熟，甚至还有点幼稚。

于是我说："你说话有点幼稚。"

他特别诚恳："是啊，我就不能和你正常说话。"

我："为啥？"

他："总觉得你是宝宝。"

这个人真是。

99.

春。

某个晚上，我和他聊天。

我问他："你说一辈子这么长，两个人结婚后不可能一直都相处融洽，要是半路喜欢上别人可怎么办？"

他沉默了一秒钟，说："不会。"

我不太信："万一呢？"

他说：“有智慧的人不会做这种事。”

我：“这和智慧有什么关系？”

他说：“你要知道，半路喜欢上别人，这件事本来就是错误的。婚姻关系里，如果两个人之间有了问题，你必须先解决这个问题，或者结束两个人的关系，然后才能去爱下一个人。”

我：“……”

真的是，大智慧。

夏。

每天晚上我们都会打一个电话，有时候感觉他很困，我会说：“要不睡觉？”

他：“不要。”

我：“……”

他：“得和李春雨女士交流一下革命友谊嘛！”

得意！

秋。

前两天，我打电话给他。

他忽然问我：“你要是比我高会是什么样子？”

我说：“那我就踹了你，找一个比我高的。”

他：“……”

哈哈哈！

冬。

祝我们身体健康，万事平和。

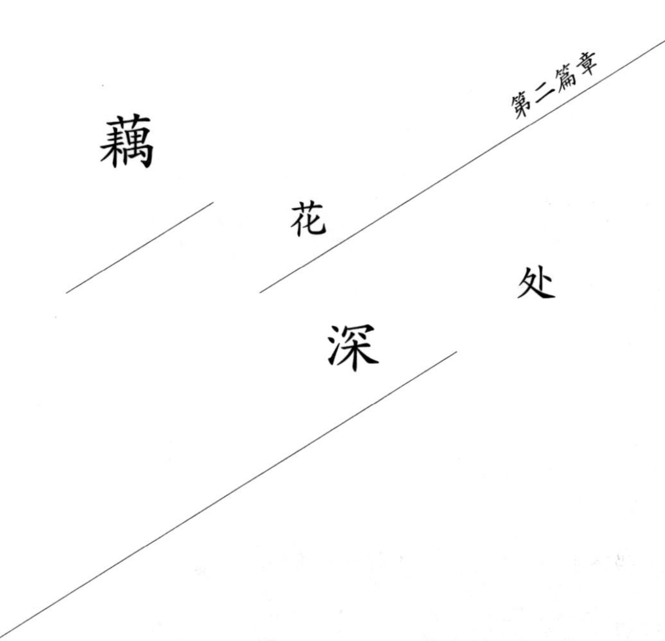

第二篇章

藕花深处

木槿篇

被风叫醒了

昨晚我在剪辑视频，他在旁边喊饿。

我不停地安慰："再给我几分钟，乖。"

这一等便是一个多小时。

我抬头看他一眼，和他的目光撞个正着。

他蔫蔫的："你看过《无极》吗？男主角对大将军说'跟着你有肉吃'。"

我："嗯？！"

他叹了口气："我跟着你都没得吃。"

他小舅在美国，给他发来一些生活照片。

我看了一眼，说："你赶紧学门技能吧，我们以后可以去芬兰生活几年。"

他："你怎么不学？"

我特淡定："我只想去森林里玩。"

有天，他有点不舒服，我给他盖上被子。

过了一会儿，我看他趴在床上拽着被子一角，睡得迷迷糊糊有气无力的。

我便问了一句："还冷吗？"

他："不冷。"

我："热吗？"

他："不热。"

我松了一口气，接着听到他轻轻"嗯"了一声，一本正经地道："在猫的温暖关怀和用心照顾下，我觉得好多了。"

我是猫？

有一回心血来潮，我问他："你还记得最初见我时的样子吗？"

他想了想，说："冰山美人。"

"有吗？"我诧异。

"有。"他很肯定。

"那你还能坚持追我？"

他慢悠悠地道："谁让你长得这么好看。"

那天收到一份生日礼物。

他打电话过来，我说："有人给我寄了个包裹，里面是包包和笔记本，没有写姓名，你说会是谁呢？"

他调侃道："应该是暗恋你的人。"

我听他毫无一点吃醋之意，便道："那你都没有一点危机感，万一我要是看上别人了怎么办？"

“那不会。”

说得还挺干脆。

我故意道：“你怎么知道不会？”

他笑着说：“怎么着也是我养了两年的猫，我把你养得这么好，肥肥胖胖，不能说跑就跑。”

我：“……”

日记二则

有一天我事情太多，特别狂躁。

“犹太那句至理名言你知道吗？”他开着车，问我。

我：“啥？”

他说：“有十个烦恼总比有一个好。”

那天聊起婚礼，要准备的事情很多。

我挺怕这个的，因为总看见有一些恋人在婚前因为一些小事而分开。于是我组织了很久的语言，和他说：“为了婚礼这个美好的目标，我们要一起去面对，承担。未来这几个月所要遇到的一切琐事，尴尬的、丢脸的、力所不能及的，都没关系，我们要开开心心去面对去解决。那些乱七八糟的小事都不重要，重要的是我们今后的生活，咱们俩要开心一点过。”

说完我都佩服自己这么有口才。

我等着他夸我，于是说：“你总结两句。”

他特别真诚：“你说得对。”

山茶篇 二〇二一

1.

今天在家多赖了一天，不想上班。早上吃过饭，看了几集情景剧，洗了个澡，订了下午两点十五分的电影票。

放映厅寥寥几个人，好像只有我看哭了。

傍晚我妈发微信消息：“电影看完了吗？等你吃饭。”

回到家，静悄悄的。大弟在忙自己的毕业档案，妈在看手机，我一边吃一边和她说几句话。

过了一会儿，我把自己关在房间里，一边听着忧伤的歌，一边开始写小说，感觉这个世界都在忧伤。我又躺回床上，开始困倦。

傍晚六点钟，给他打电话。

“忙完了吗？”我问。

“还差一点儿，晚上要加班。”

他的声音低沉，我却莫名地安心。抬头看窗外，傍晚的城市总是让人焦虑，西安的夏天热烘烘，而我需要一个冰激凌。

"刚睡醒？"他问我。

"写小说呢。"

又是平淡普通的一天。

2.

端午节前，我请了两周假复诊。

最好的朋友从北京回来，我坐了两个小时的车去看她。

她家临近山坡，有空旷的田野，悠长的马路，高高的树，还有绿色的实验田，像极了动漫里的乡村，干净温暖。

我在这片田野里得到了暂时的宁静。

这两年好友结婚，怀孕，生小孩。我们走在山野小路上，小孩在她怀里睡着了，我走在旁边，为小孩挡着夕阳。

我们轻声说话，仿佛又回到了十年前。

那时我们十七岁。

"做妈妈好吗？"我问她。

"以前我觉得小孩子挺闹腾的，特别烦人。"她想了想说，"可是当你真的有了小孩，就觉得挺幸福的。"

当时我理解不了，只是发现成为妈妈是一件辛苦的事，她几乎二十四小时都围绕在小孩身旁。我和她只有在深夜，才能专心地说一会儿话。

第二天他来接我，时间尚早。

回去时，我特意让他开车穿过那一片田野。那天风很温柔，马路很长很长，农民在湛蓝的天空下晒麦子。

我问他："可以晚点要小孩吗？"

他笑着看我，没有丝毫犹豫："可以啊！"

我看着车子慢慢地从麦子上压过去，远方的青草地里到处都是农忙的人，只觉得这个山坡温柔极了。

"要不要去哪儿转转？"他问我。

"附近有好玩的地方吗？"

"袁家村。"他说，"半小时车程。"

我忽然感慨，这个村跟腾空冒出来一样，短短十年就发展得这么好，村长真有远见。

他看我一眼："什么腾空冒出来，人家是有镇的，叫烟霞镇。"

"烟霞镇，名字真好。"

他开着车，轻轻笑了。

3.

傍晚回他家，我们去买水果，我拿了好多。

他说："少拿点，家里没人。"

我："你爸妈不在家？"

他："在啊。"

我："那怎么叫没人？！"

他："没什么人，就他们俩。"

我："……"

4.

今天大雨，我窝在家里什么都不想干，只想赖在床上，静静地听着窗外的下雨声，盖着被子看情景喜剧。

最近容易烦躁，写小说没有灵感，有读者问我：“什么时候才能不迷茫？”

迷茫好像不只是青春期，成年后的很多时间都会迷茫。

一年前去看电影，影片里有一句台词：“真想快点变得跟你一样老，这样就不用为大事担心了。”

我爸五十岁的时候，有一天回老家。路上他说：“怎么觉得到了这个年纪，做人就没有奔头了，好像也没有期待，一天天混日子，也不想和别人联系，就这么等着自己老去。”

那个时候我就知道了，身而为人，迷茫会一直存在。

十八岁考大学，会因为选择什么专业而迷茫；

大学毕业找工作，好几年都找不到喜欢的，会迷茫；

结婚后要小孩，开始步入三十岁，生活开始围绕家人转。或许会因为丢掉自我而迷茫；

四十来岁，已经是想做什么事都会顾虑很多的年纪，会担心丢掉工作攒不下钱；会担心睁开眼没有可依靠的人，而身边都是要依靠你的家人。

大概人到中年的迷茫才最可怕吧。

两年前，外公还在，外婆那年七十四岁，每天照顾卧病在床的外公，不知道老伴走了后自己该怎么办。

后来外公去世，她偶尔也会哭，但更多时候，她依旧是笑着面对生活，她说：“走哪儿说哪儿话。”

所以姑娘，别慌张，慢慢生活。

5.

在听茄子蛋的《日常》。

前些天买了几本杨昌溢的书，去哪儿都带着。

很喜欢他那句："这是你生命中最好的年纪，身体健康，亲人安在，现世安稳。可惜你意识不到，因为一点小事，心情就一团糟。"

忽然觉得自己很幸运。

这些年我身体不大好，但拥有很好的家人。后来遇见现在的恋人，他接纳了我的一切，美好的，糟糕的，悲伤的，快乐的。

我有份稳定的工作，有属于自己的房间，有寒暑假，可以出门旅行，看喜欢的书，闲暇时还可以写小说。

生活时而焦虑，但都能接受。

活着挺好。

一些书单

1.

写作这几年，赚的钱在温饱之余都贡献给了医院。剩下的最后一点零花，再补上几天的工资，这些便用来买书。

我有很多很多书，再存个几年，便可以开一家属于自己的小书店。

有一段时间，我一整天都闷在自己的小书房里，有时候也会为几个月都看不进去一本书而感到愧疚，却依然只有待在一堆书里才有安全感。

有一次我和他说："我现在挺浮躁的，书都看不进去。"

他说："那是天气太热。"

我立刻反驳："你看看李白杜甫王维陶渊明，哪一个不是读万卷书历经千万迷茫坎坷才写出那些伟大的诗篇，我热一点又怕什么。"

他淡淡地道："你这目标举得有点高。"

我"扑哧"一声，就笑了。

2.

今年三月，我出版了一本新书《就当他没来过》，书里有一份结婚请柬，那是一张书单。可能很多读者不知道，除了装帧设计，请柬的文字都是我自己写的。

大学时就有这么个愿望，希望我结婚时宾客送的不是份子钱，而是一套书。不过他是独生子，爸妈肯定不会同意，我也只能写在书里表达慰藉了。

3.

近来有些懒惰，喜欢看手机，写作的时间很少。为了戒掉这个手机瘾，我在一个失眠的夜里卸载了微博、抖音、B 站、醒图和美图秀秀。

第二天我写了六千字，打电话给他的时候，我很自豪。

“感觉写作渐入佳境。”

他说：“那还不是因为你有才华。”

这个人现在嘴巴真甜，小瞧了。

4.

说说这两年喜欢的书和最近看的书吧。

喜欢的书：何大草《春山》，伊丽莎白·吉尔伯特《美食，祈祷，恋爱》，《伍尔夫传》，北溟鱼《长安客》，弗里达·卡罗传记，毛姆短篇小说，大卫·福斯特·华莱士《最后的访谈》，冯至《杜甫传》，格里高利·大卫·罗伯兹《项塔兰》，李娟散文。

最近看的书：三毛《雨季不再来》重读，梅·萨藤《海边小屋》重读，斯蒂芬·金《写作这回事》，顾湘《在俄国》《赵桥村》，《伍尔夫读书随笔》，黄仁宇《万历十五年》，王朔《知道分子》，《托尔斯泰最后的日记》，奈保尔的《米格尔街》。

差点忘了，还有他送我的，我在书桌上搁了很久，一套是《北边无战事》上中下，一本是《乌克兰拖拉机简史》。

5.

西安今夜风大，我开着窗，空调温度调在29℃，睡觉时也不关。

晚上睡不着，我关掉大灯，留一盏台灯，抬头看过去，窗帘被风吹得飞起。

我躺在床上，看看手机，想东想西，总觉得这样的夜晚有些鬼魅阴森，一夜也不敢关灯。

6.

于是就这样失眠了十天。

7.

编辑寄过来一些扉页签名，包裹很大，一时想不到合适的办法，于是让小弟去推了电动平衡车来，我俩一瘸一拐地推了回家。

周五他下班回来，我提起这件事。

他：“怎么不用拉杆箱？”

我：“……”

他自鸣得意地长叹一声，然后清脆地笑了：“我们智者和原始人最大的区别是什么，知道吗？”

我：“……”

他：“使用工具。”

七月日记

一日

“那天去拿婚戒，车里在放张远的《嘉宾》。”

这是我最近新想的一个小说开头，在手机备忘录里搁了很久。

二日

科技发展太快，手机每天拿在手里看，各种浮躁的信息纷纷涌入，脑子里一团乱麻，一个人根本静不下来。

我和恋人抱怨，每天脑子疼。

他说：“信息太多了，被动地接收总归不好。只有生产者，或许才能体会到深层次的乐趣。”

于是，我卸载了所有软件。

三日

他最近很忙，我一直在赶稿。

七月的时候我们计划八月一起旅行，想来一趟自驾游。

我问他：“年假能批吗？”

他说：“可能有点危险，我现在手上的工作本来是两个人负责的，可他要休产假了，生娃了。”

我一愣："你同事女的？"

他："男的就不能休产假吗？"

我不开心："你们产假多久？"

"二十天。"

我哼了一声："那可惜了，你这十年怕是用不上了。"

他："……"

四日

一个睡前电话。

"你会不会梦见我？"

他飞快回答："不会。"

准备生气中。

结果这个人说："我的梦都不好。"

五日

我喜欢哼唱，可只会那一句："那是我一直想要只带你去的海边。"

和他打电话，他坚持听了两天，忍不住了。

"你这是家暴。"他很平静。

我要打人。

六日

这段时间我在减肥，不吃晚饭。

他看不下去，给我点外卖，买零食。

有一天我实在忍不住了，告诉他："再买你就给我等着，绝交。"

他不为所动：“多吃点好，你吃得动。”

我太生气了：“你再说一遍。”

“你在我心里哪里是吃得动啊，简直是黑洞。”

等着，别走，我去找刀。

七日

我们偶尔会因为一个社会现象讨论很久，但他总是技高一筹，观点更冷静克制，相比之下，我就有些感情用事。

我给他打比方：“你这种不对，我看过很多报道……”

他冷冷地来一句：“少看点网络段子。”

我：“……”

八日

“如果信任有 100 分，你对我多少分？”

“99 分。”

“还有一分呢？”

“不给，怕你骄傲。”

九日

和弟弟的女朋友聊天。

我们提到一个社会话题，她说：“书上写到外国人，都是能歌善舞、热情奔放的，到了中国人这儿，就是勤劳勇敢、艰苦奋斗，时刻准备着做社会主义的接班人。”

我哈哈大笑，确实。

十日

上半年工作结束的第二天，我坐大巴车去了朋友家玩。

她带着小孩刚从北京回来，会在老家住两个月。晚上闲了，我问她：“累吗？”

她笑笑说：“等你有了小孩就知道了，其实挺好玩的，也就不觉得累了。而且人这一辈子是闲不下来的。”

我没有小孩，很难感同身受。

她又说：“我在一个帖子上看到有人说，从小就开始读书，十八岁念大学，二十来岁找工作，结婚，生小孩。有了小孩事情就多了，等孩子长大，他读小学、中学，再结婚，买房；你给人家看小孩，可能等埋进土里，他每年上坟，还会求你保佑他。”

我笑了。

“你说能闲下来吗？”她也笑。

十一日

有一回我和他讨论“求神拜佛”这个问题。

我说：“万一可信呢？”

他摇了摇头，摸了摸我的头，笑眯眯地道：“没有人会真正把它当回事，大家只是想要一个好听的说法。”

十二日

某日闲聊。

“我好看吗？”

“好看。”

“哪儿好看？”

“脸圆圆的。”

“还有呢？”

“你的背影。”

我：“啊？”

他：“像秦岭。”

十三日

小堂妹和她男朋友吵架。

她直接上手，她男朋友更绝：“以后生小孩做手术都是我给你签字，你可想好啊！”

小堂妹冷笑着说：“你自己生去吧。”

十四日

晚上打算看书，他打来电话，说了两句便挂断，然后开始各忙各的。

过了两个小时，他电话又打来，问：“你看完书了吗？”

我说：“看电影呢。”

“你骗我。”

我：“……”

“看在你长得这么好看的分上，我只能无所谓了。”

哈哈哈！

十五日

去看电影，没想到票买早了。

于是我找了家冰激凌店，要了一个甜筒，一边吃一边等。一个小时过去，他电话打来时，我已蔫了。

“这家店人好少，现在就我一个人。”

他淡定地道：“你这也叫充当了流量，要算时薪的。普通人一个小时七块，美少女贵一点，特别是你这种好看的。”

这个人的嘴真是绝！

十六日

翻看六个月前的日记，有一个愿望是明年年底之前，买一个房子。此刻忽然意识到，房子买得起，但是在村里。

谁能让房价降下来，我给他烧香祈祷。

十七日

七月要完成的几件小事——

写完《有的是时间》；

做手术，写日记；

读书，整理笔记；

养病，静坐，思考，珍惜眼前；

出一趟远门；

还有考察村庄。

十八日

看电影回来，我们一起洗漱。

我打开空调，坐在书桌前码字，写未完成的小说。

他在床边坐着看手机，偶尔给我读两句新闻，说一些东京奥运会的事情。

现在十一点半，有点冷，也有点困。

我抬头看窗外的黑夜，星空很亮，羞臊的月亮钻进沉沉的乌云里。

十九日

半年没有发表小说，网站给我自动锁定，四十八小时不发表文章，网站还是会锁定。好不容易先用手机登录上来，又得通过邮箱验证，回答密保问题。

二〇一五年我开始在网站断断续续写小说，那时候我选的密保问题是配偶名字？！

可我已经完全不记得我的答案是什么了，从周星驰到刘德华都试了一遍。

上述事实表明，我要开始写新小说了。

不过配偶一栏，至今是个谜。

二十日

在单位干了很多活，有些累。可稿子还有很多，我一回家就坐在电脑前写，总觉得只要自己还在写，就很踏实，不慌张，不焦虑。

写了十来个字，我停了下来。

他在床边看我："快写快写。"

我换了一个怒气的表情，转过头。

他笑了："我说快歇快歇。"

我："……"

二十一日

"生活在别处"来自兰波的诗。

我后来在很多地方见过这句话，喜欢兰波的人大概都喜欢寂寞，有着一个放荡不羁的自由灵魂，永远在追求最真实的自我，渴望能够随时从现实生活中抽身而出。

但只有极少数人才具备这样的能力。

二十二日

今天帮弟妹搬家，她的床要运回我老家。

我老家以前叫奉天，杜甫他爸杜闲在那儿做过县令，这都是我几年前看《杜甫传》知道的。

搬家的时候，我在微信小程序搜"货拉拉"，来的司机是个三十来岁的小伙子，年轻力壮，搬完床垫后他出了一身汗。

我问他："你一天能跑几趟？"

他擦了把汗，笑着说："六趟吧差不多。"

"累吗？"

"还好，我觉得不累。"

我看了一眼他的中型小货车，问贵不贵。

他说："买新的要办各种证件太麻烦，不如买辆二手车，两三万，不值钱，人也自由。"

“五十来岁能做这个吗？”

“五十来岁做这个最好。”他笑。

城里的老人生活在有退休金的世界里，可乡下人是没有这些的。

每年庄稼地的收成就是看天吃饭，挣个一两万，还得一年到头守在地里。

乡下的父母还得供儿子上大学，供他们在城里买房子，置办彩礼，攒一辈子钱或许也只能付个首付。儿子结了婚，父母就一无所有了，只能靠着庄稼地重新攒钱。

有的父亲去做保安、小区清洁工。有的去工地干活，会点手艺的便可以接个散活，实在没有其他本事的也只好待在乡下，守着庄稼地，多种点粮食和瓜果。孝顺的儿女每个月会给父母一两千块，不孝顺的还得靠父母养活。

有人说这世道好过了，可钱更难挣了。

二十三日

第一次读《简爱》是初三的暑假，这是当年一个同学送我的生日礼物。我在老家门前，坐着小板凳，面前是宽阔的马路，一边晒着太阳一边读。

现在已经不记得当时读书的感受了，只记得那天的天气，阳光很好，书里的人却命运坎坷。

后来又读过一些英国文学作品，喜欢上奥斯汀笔下的乡村和田野。这些女作家都是拥有自我性格的独立女性，在当时的英国社会，很难被人认同和理解。

奥斯汀发表第一篇小说时，用的还是个男人的名字。现在已经过去了两百多年，社会大不相同，却也总有些道不出来的相似。

中午和恋人在家吃饭，随便闲聊。

我忽然问他："如果我辞职了，出去旅行，或许一年、两年，你爸妈会不会有什么意见？"

他想也不想："肯定有意见。"

我："啊？"

他："但那是你的选择和自由。"

"那他们就算有，也不可能当面阻拦我，但是会和你说。可能会对我不满，这个时候你扮演的角色就很重要了。"

"我在想什么不重要。"

"啊？"

他："你自己想什么很重要。"

"那你会站在我这边吗？"

他："肯定会的。"

审讯结束。

二十四日

晚上和恋人争得面红耳赤。

我说过去的九十年代更有人情味，节日氛围也很浓烈，每到春节，家家户户都很忙碌，人和人之间距离很近，大家都很亲切。

小时候的童谣我现在还记得："二十三祭灶官，二十四扫房子，二十五冻豆腐，二十六去买肉，二十七宰公鸡，二十八把面发，二十九蒸馒头，三十晚上熬一宿，初一初二满街走。"

现在别说其他节日了，连春节的年味都淡了，家家户户把门关起来，谁也不认识谁，到处都是互联网的世界。

他说：“那是你长大了。”

二十五日

有几个关系比较好的网友，我们时而聊天，彼此会诉诸苦闷和不安，或许还会说一些平日里难以启齿的事。

二〇一七年的春节，我在写《他笑时风华正茂》时认识了一个网友。

那时候很少有读者知道我，和他相识相知的感觉便更为珍贵。每次我迷茫时都会找他聊天，他总能冷静调解，给我指一条明路。这几年来彼此扶持，也有了海内存知己的交情。

去年因为广播剧认识了一个朋友，偶尔我们也会聊几句，虽然不太常说话，相处时却觉得十分舒服。

前一晚上我们还在聊天，我诉说着遇到的不快乐，她不停安慰。今天中午有人敲门，我收到了一大束鲜花。

鲜花里有一张小卡片，上面写着：天津太阳很好，舒舒你也是。

二十六日

前些天，爸妈从西安回老家，打算修葺老家乡下的房子，将来好回去养老。

起因源于三年前。有一次我们在老家，门口经过一个陌生人，他对我爸说：“你家院子里有棵树，就是个困字，不好。”

爸妈对此一直耿耿于怀。

二十七日

我坐在书桌前写《有的是时间》，恋人走进来，看我弯着腰，他给我换了个高脚椅，这样坐着会更舒服一些。

我抬头，墙边是朋友那日送的鲜花，右手边是一堆书，窗外阳光温柔明亮。

他在打游戏，一会儿我们就出门。

在路上

1.

昨天西安下了一天的雨，迷迷蒙蒙，昏昏暗暗，温度降至24℃。

我出门买生活用品，恰逢身体不太舒服，只觉屋外极冷。

他发消息过来，说单位停电。

我在鹿岛买了一把黑色的雨伞、一串手绳、一个小布偶，店里的休息区坐了很多人，似乎在等雨停。

他发微信消息：“可能一会儿手机就没电了，找不到我别着急，我忙完就下班，等我过来找你。”

我撑着伞往回走，看见到处都是躲雨的人。想起刚才出门去拿快递，街道上有两个卖菜的摊贩，行人很少。一个东张西望，一个坐在三轮车头上睡着了。风雨里，一切都显得憔悴而落寞。

我给他打电话，提示关机，才记起他的话。风吹过来冷得刺骨，只好加快脚步往回走。

2.

下雨的前两天，月色很明亮。

我喜欢靠在床上，开半扇窗，看窗外寂静的夜，又大又圆的月亮，突然聚散的乌云，以及时而从远处飞来的飞机。

“想睡到月亮上去。”我说。

他正在看东京奥运新闻，头也未抬，只是笑着接过我的话，一边用手指滑过手机，一边说：“去做玉兔？”

我蓦地回头看他。

“为什么不说嫦娥？我连人都不配做吗？”

他从手机屏幕抬起头。

“玉兔更可爱。”他笑。

3.

看了一篇《人物》杂志的报道，讲述一个人复读了十二年，如今还在高考的洪流中飘荡。这个报道有些沉重，读起来让人感到窒息，半天浸在里头喘不过气。

我好像理解了这份执着，眼眶开始湿润。想起《海上钢琴师》里不敢下船的1900（电影主角），在面对这个世界错综复杂的街道和不可知的未来时，他不愿意踏上去。

有个留言说：“厉害的玩家都是选择自定义模式。”

但游戏不比现实，只有内心坚定的人才能蹚过洪流。

这些年每逢想放弃一切去追寻遥不可知的理想时，总会被某些未知的恐惧打败，不敢上前厮杀，只好妥协和逃避。

一个人的时候，总会在一个普通而寂静的下午，琢磨一个问题——“一个人在做选择的时候，他会想一些什么。”

后来明白，一个人有了选择，才会犹豫。

4.

喜欢看港剧，特别是警匪悬疑的类型。

有一次我拉着他一起看，刚好演到女警官询问报案人事宜，报案人语气夸张地答复着。

他看了两眼，说：“表情太做作。”

我：“有吗？”

他：“像你只能演正面形象，比如包拯。”

我：“啊？”

他：“不是说你黑啊。”

我当时愣是没反应过来，这家伙。

5.

周末出门看婚纱，堵车，又遇见红灯。

我说：“以前读大学的时候，每次回西安，都会在五路口买两本杂志，现在都没有那些报刊亭了。”

他笑着说：“那些年还有人卖报，火车站最多，总会有人走过来问你要不要报纸，有印象吗？”

我回答干脆：“没有。”

“我是比你老很多吗？代沟这么大。”

Bingo。

6.

我去了一趟海边回来，晒得很黑。回来后看见他胳膊都比我白，真的想揍人。

我有时候会故意看他一眼，然后说：“挺光滑。”

他：“没办法，天生丽质难自弃。”

7.

“我可爱吗？”

“嗯。”

“要是遇见比我还漂亮还可爱的人呢？”

“还有这种人？”

8.

那天和他一起请兄弟姐妹吃火锅。

星期天的晚上排队的人很多，距离我们被叫号还有一个小时。外面有桌椅和零食，一堆人就坐在那儿聊天。

表妹提议：“要不打牌吧。”

他不玩这些，从我包里拿了本书，坐我旁边翻看着。

我叫他：“玩一次？”

他从书里抬头：“你们玩。”

这个男人。

红掌篇 碎银几两

1.

最近和他搞装修，周末两天总在外面跑。

我们没有找装修公司，我找了以前给我家装修的师傅，他人很好，要我先确定好装修风格。

他喜欢极简风，我喜欢北欧田园风，一切以原木、明亮、温暖为主。

我爸说："先别急，小区总有人先弄，你去看看别人的装修设计，有喜欢的话就拍个照，到时候你也这么装。"

我说："去宜家看吧。"

宜家有很多美好的装修设计，当时我拍了很多照片，闲来无事时总会翻出来看看。

他说："你最好把那些照片备注好，别到时候记不清了。"

装修之前，我开始记账。

那天给运瓷砖的师傅结完账，他给我看了一眼微信转账，还提醒我这个脑袋不灵光的装修菜鸟："别忘了记账啊，大猫。"

眼看着根据自己创意设计的房子一点点有了雏形，那种开心就像在放烟花，幸福在燃烧。

周末只要有空，我总拉着他去宜家逛逛。一个是看宜家的装修样板房，一个是想念宜家一块钱的冰激凌了。

他问我："你知道为什么宜家的冰激凌只要一块钱吗？"

现在外面甜品店的甜筒都三元起步了，很少有一块钱的。

"为什么？"

他笑笑，又来普及知识了："这就叫消费者原理，你在宜家花了一笔钱买东西，走的时候兜里空了，这个时候出口有一块钱的冰激凌，只要买到就好像占了很大便宜一样。然后开开心心回家，也叫消费者心理平衡。"

大神，小的这厢有礼了。

2.

我想去僻静的山村里考察。

我说："坐高铁一个小时，开车的话两三个小时吧。周末你要是有时间，我们去看看好不好？"

他感慨："两三个小时，你肯定睡一路。"

想起之前每次出门，最后都会剩下他一个人孤独寂寞地开着车，而副驾驶座上是流着口水熟睡的我。

我笑眯眯地道："这次保证不睡，陪你说话解闷。"

他淡淡地道："你还是睡觉吧。"

"为啥？"

"比较省心。"这个人说。

3.

我想要攒钱，所以在微博上偶尔会接一些推广。

从前不大有兴趣做这些，后来觉得这也算劳动所得，光明正大，像卖书一样，何不妥之有？渐渐地，也习惯了。再加之可以挣一点外快，买些平日里不舍得买的书，岂不快哉。

这一年来接了几个广告，有麦片、藕粉、矿泉水、炸锅，也有一些化妆品、牙刷、按摩器等商品来找，但这些对我而言有些距离，便推辞了。

广告都是一次结款，像稿费到账一样。除了要编辑宣传文字，还得配图，不得不说今年以来我的拍照技术大幅度提高，也算是学有所成了。

4.

世间之事，不外乎碎银几两。

你说我讲，东西碰壁当啷响。

5.

二〇一九年刚和他谈恋爱时，一开始心情不错，我和他微信聊天的文字内容都是没有加标点符号的。

聊的时间长了，难免有心情不佳的时候。只要是这个时候，我的标点符号就使用得特别规范。

每逢遇见后者，他都这样形容我：“祖师爷上身。”

6.

有一回，谈起男女之间的正常需求。

我问他：“你怎样会有反应？”

他说：“你瞎扯的时候。”

我问他那现在呢？

他说现在圣如佛，又问我知不知道叫什么。

我问得特别虔诚，就听见他说：“贤者时间。”

这个流氓。

7.

从前不屑于收拾打扮自己，总觉得不值得浪费时间，穿着简单干净就好。

二十四岁的冬天，有一天晚上我忽然想去逛街，兜里揣着还没焐热的工资，买了很多衣服和鞋子，只留了十块钱打车回家。

那一年我很穷，过得不好，一年到头吃中药，悲观落寞不快乐。可那个晚上我很奇怪地想通生活的某种意义，就好像打通了任督二脉一样。

我摘下了佩戴多年的框架眼镜，换上了隐形眼镜，开始修眉、打耳洞，买短裙和靴子，然后出去玩。

第二年的夏天，我遇见了现在的恋人。

第一次见他那天，我特意去美妆店化了个淡妆。

美妆店的女孩说：“如果不是身体拖垮你，就你的颜值，想找个什么样的男朋友没有。”

好像就是那天，我才发觉，从前的我太过低沉自卑了。

8.

昨晚睡前，我问他：“现在好，还是以前好？”

他说：“现在。”

“为什么？”

“现在有滋有味。”

“那以前呢？”

“以前没什么事，太单调了。”

我笑。

他又开口道：“现在，有你给我找事。”

我：“……”

9.

我不太喜欢男人有啤酒肚。

有天特别郑重其事地和他讲：“你要注意点啊，多锻炼，没事去跑步或者去健身房，千万千万不能有小肚子。”

他优哉道：“只许州官放火。”

还有半句，我奓毛了：“讽刺我？”

他笑眯眯：“警醒你。”

我：“……”

10.

昨天剪了个“初恋”发型。

他傍晚回西安，敲门进来，看见我，愣了一下，笑了笑说：“好几个小时不见，变漂亮了。”

“有吗？”

他看着我：“就像《非诚勿扰》那档节目，有心动的感觉。”

11.

正在和他打电话。

我忽然问：“你喜欢我什么呀？”

“这还用说，当然是喜欢你好看了。”

12.

书里说：“孤独也是一种安全感。”

我觉得是。

13.

深夜，闲来无事，我摆弄手机，看到几张过去拍的照片，还是二〇一八年在云南拍的。

总想着有机会和朋友再去一次，可那一年一起去的女孩，已经结婚生小孩了。

他和我妈

1.

我在漳州待了几天，昨晚十二点登机，今天清晨四点才到西安，回到家已经六点，我倒头就睡。一觉醒来，已是下午一点半。

我妈做好菜，在等我。

她说："今天坐电梯，正和你打电话，我说你多睡一会儿，想吃啥妈给你做。旁边的清洁大姐连连感慨，说我这妈妈当的，真的！"

我好奇起来，问我妈咋回复的。

我妈："我就说……我闺女出去玩了，累的。"

我："……"

2.

正在洗手。

妈："黑人就是，咋晒都看不出来。"

我："……"

3.

刚才吃饭，我妈看我一眼，突然蹦出一句："黑挺好，晒不伤。"

我："……"

4.

我知道我晒黑了，我知道我妈在安慰我，但我还是很难过。

这样怎么办婚礼，拍婚纱照？这黑胳膊黑腿的，再加上我妈时而蹦跶出来的名言警句……

于是一到周末，我就喊他来我家，救我于水火之中。

5.

他正开车。

我问："我黑不？"

他说："不黑，小麦色。"

红灯，停车。

他摸了摸我的膝盖，淡定地道："很健康。"

6.

我："我善良不？"

他："善良。"

我："好看不？"

他："好看。"

我："可爱不？"

他："可爱。"

我："我黑不？"

他："不黑。"

算你聪明。

书里总爱写到喜出望外的傍晚

1.

他这周去咸阳学习，可以每天都回西安。

我故意抱怨：“以前周末见一次感觉还挺好，现在天天见，会不会太腻了？而且我写作需要安静，你来了我没办法写。”

他：“怎么没办法？”

我：“我没灵感。”

他笑了笑：“哥就是你最大的灵感。”

我：“……”

他继续道：“张灵感。”

我：“……”

2.

晚上去吃饭，他想吃肉。

我们在商场转了一圈，决定去吃海底捞。等上菜的间隙，隔壁有一桌过生日，一排工作人员站在桌边，拍着手唱“对所有的烦恼说拜拜，对所有的快乐说 Hi Hi”。

不知道哪根筋不对，我忽然对他说：“以后要是遇见危险的事，你千万别救我，自己跑。”

他看着我。

我："我认真的，活着就有希望，你还可以再遇见喜欢的人，重新生活。"

他没说话。

我："听到没有？！"

他开始低声唱："我喜欢这样跟着你，随便你带我到哪里。"

这个大傻帽。

3.

昨天和他讨论倡导极简主义的躺平人群，他觉得不太现实，于是我们产生了分歧。

他："你觉得一个月三千块生活费够吗？"

"足够。"

他："那你想过结婚后，两家父母的健康问题吗？如果我们以后要小孩，孩子上学总需要教育支出吧。你不是说还想让小孩学钢琴、学画画吗？这笔钱还够吗？"

我："这些总是例外吧。"

他："那就现实一点，今天你说回来给你带点水果，我买了三种，橙子、西瓜和桃子，要按照你说的极简，吃一种就可以了，是这个意思吧？"

我："对，没错。"

他："我觉得不行。"

"为什么？"

"不觉得降低了生活质量吗？"

我：“尝一尝就行了呗！该省的时候就得省，这样的话我们攒的钱，足够我们做很多喜欢的事，多好。”

他：“哪里好？钱就是用来花的。”

我：“提前退休真的很自由，到时候我们可以吃利息，钱生钱不用担心这个，我们还有时间做自己喜欢的事。”

他笑了：“你以为钱生钱那么容易？”

我：“利息是有点少。”

他：“你得保证利率达到4%，现在哪个银行定期有这样高？”

“万一呢？”

“从中国国情来看，追不上。”

这个问题争辩到最后，我们俩依旧各持己见，没讨论出什么结果来。为此，我还买了一本理财的书，想仔细研读一番再来跟他辩一辩。

总之一句话：股市有风险，投资需谨慎。

4.

有一次聊天，我说不想上班。

他说：“你可以打铁。”

我：“啊？”

他又说：“我撑船。”

我：“啊？”

他接着道：“生个孩子卖豆腐。”

得，苦到家了。

5.

在写小说的新章节，卡得有点难受。

他打电话过来，对我说：“你敲键盘要像搓澡一样，得有点节奏感。”

我：“这还要节奏感？！”

他：“你知道男搓两面，女搓几面吗？”

真不知道。

他：“女搓四面。”

我问他：“哪四面？”

他一本正经：“前面，后面，两个侧面。”

哈哈哈，莫名想笑。

6.

我们俩打电话，约好明晚逛宜家。

他提起他表妹：“她强烈要求参加我们的活动，不能虐她这个单身狗，我说她是要牺牲自己，照亮我们俩。”

我：“然后呢？”

他：“我来征求一下你的意见，你要是不同意，我就找个借口把她推掉。”

我：“……”

做人怎么能这样呢？

我不理解。

7.

去宜家的路上。

我问他："我哪儿好？"

他开始唱："大猫的脑壳圆又圆啊，两只眼睛真漂亮。你要是嫁人不要嫁给别人，一定要嫁给我。"

我："……"

8.

晚上去寄包裹，他和小弟负责搬东西。完事后，这两人问我要一个冰激凌作为犒劳。回去的路上，他们还担心被我妈批评。

我说："你们俩要不在外面吃完？"

小弟点头。

"要不就站这儿吃。"我说。

这个男人却淡定地开口："去楼道里吃吧。"

9.

回西安的高速公路上，我问他："要是以后我老了，生病了，怎么办？"

他说："老了多少都会有点小病。"

"要是很严重呢？"

他正开着车，看了我一眼，说："要不这样，以后有了小孩，让他学医，专门研究中老年疾病。我就对他说，为了你妈。"

我一拍大腿："身体健康太重要了。"

于是，在二〇二〇年的圣诞节夜晚，我们俩三言两语就把小孩的未来想好了。

10.

晚上打电话，谈起最近的一些新闻，我的情绪就有点波动。他这个人比较冷静，听我慷慨陈词后才发表意见。

这人最后还总结两句："你这个人情感大过理智，这种状态很危险，看来以后我得把你看紧点了。"

我："……"

11.

我说："有点胖了。"

他说："胖了好。"

我："啊？"

他说："正好最近肉价涨了。"

12.

昨天想烫羊毛卷。

他说："不好。"

我说："可是我想做。"

他："那你做吧。"

我："可是你不喜欢。"

他说："我喜欢的是人，和头发关系不大。"

然后，我洗了澡，和我妈说了要去弄头发，我妈强烈反对，于是这件事便告一段落。

我和他说我不烫了，他听罢："烫一烫也挺好。"

我："啊？"

他："换换感觉。"

男人啊！

13.

昨晚跟他打睡前电话。

我："忙了一天，终于躺平了。"

他："躺得和你的胸一样平。"

笑不出来。

14.

我说："总觉得我这个人性本恶。"

他毫不犹豫："不用觉得。"

我："什么？！"

他："你就是性本恶。"

我："有吗？"

他："有啊，每天都觉得你在考验我，战战兢兢，伴君如伴虎。"

我很生气，准备发火。

他大笑："逗你，有也不说。"

15.

我："你觉得什么是爱情？"

他："爱情就是，我想见你。"

16.

傍晚我正在看书，接到电话，他说要来。

四十分钟后，他到了。

我去停车场接他：“为啥忽然要来？”

他淡定地道：“我想你了。”

我实在不相信：“是不是有啥事儿？”

他郑重地道：“我怀孕了。”

我：“……”

你行。

17.

今天出去玩，我们去了诗经里。

我瞎跑，爬上爬下。

他跟在后面，朝我伸手：“下来，不雅。”

18.

昨晚睡前，我俩聊天。

我：“你就是白白净净的小书生。”

这个人睡眼惺忪，于是稀里糊涂张口就来。

他：“你就是个白白胖胖的小动物。”

我：“嗯？！”

他猛然惊醒，打马虎眼直笑。

19.

太阳很大，我们俩去拿快递。

他抱大箱，我抱小箱。

回去的路上，我看着春天的树，问他："遇到我是不是特幸运？"

他说："幸运。"

我很满意。

接着听这个人道："不幸中的万幸。"

20.

我买了一箱小香蕉。

妈："都没人爱吃。"

他这样评价："你有操持家务的心意，没有操持家务的能力。"

我："……"

21.

开车去宜家。

我坐在副驾驶座上，嚷嚷："好颠簸啊！"

他淡然地开着车，说："就像你的人生。"

22.

偶然看到一条留言，倏忽之间反应过来：我订婚那天是元旦，一月一日，刚好是池铮的生日。

好巧。

23.

给他发了一件衣服的照片。

我："怎么样，好看吧？"

他："一般。"

我开始沮丧。

他又道："相当一般。"

我不甘心："挺好看呀！"

他："其实吧，我觉得有点像烂抹布。"

过分了啊！

24.

最近真的胖了，脸圆了一圈。

昨晚吃过饭，回家路上，他忽然喊我："名媛。"

我："啥？"

他："最近圆了。"

25.

我："很喜欢我对不对？"

他："嗯。"

我："那你摘星星给我看。"

他："行，我打你一顿。"

26.

晚上出门，忘了带手机。他打来好多电话，我觉得对不起的同时又觉得惊讶：“打这么多电话，干吗这么紧张？”

他蔫蔫的：“我怕你晕倒没人在身边，怕万一遇到什么事儿……”

他说了好多，我整个人都愣住了。

我：“啊？”

他说完叹了一口气，特别冷静：“先给你妈回个电话吧，实在找不到你，我打你妈那儿去了。”

这个低调又温柔的男人。

27.

我让他督促我减肥，他说：“你每天回来跑五公里，我给你两百块。”

“每天都给？”

“每天都给。”

距离这句话已经过去一个月了，我一次都还没有跑过。最近不是生病就是做手术，不是瞌睡就是懒惰。

总之，还是算了吧。

28.

事实上现实远比小说要复杂，我们也会吵架。

谈恋爱一年后，我问他：“我们之间有什么变化吗？”

他拉着我的手说：“大概彼此更信任了。”

感恩生活。

今夜温暖芬芳

1.

我趴在床上，让他讲个故事。

他说：“小时候我去外公家，他总会去买些熟肉。有一次在饭桌上，我问，这是什么肉，外公说这是牛舌，我就很嫌弃，觉得和牛在间接接吻，再也不想吃了。我妈说，牛舌你嫌弃，那你还吃鸡蛋？”

哈哈，我笑了好久。

2.

很喜欢和他一起走夜路。

他开着车，我坐在副驾驶座，有时候我们很安静，有时候我们说说话。

回老家的路上，下着小雨，两边都是树和田野。

车里在放谭维维的《如果有来生》，车雨刷时而动两下，我看见长长的小路，然后听见他说：“雨好像下大了。”

3.

窗外风雨渐大，车里放了一首陌生的歌。

我说：“这歌我不喜欢。”

他说：“你要尝试接受讨厌的东西。”

我：“……”

4.

他喜欢亮，我喜欢暗。

晚上我们各自忙碌，他：“开一会儿灯？”

我：“抗议。”

他：“你不能这样。”

我：“抗议。”

他：“还没结婚呢你就这么对我！”

我：“那你出去睡吧。”

他：“……”

5.

晚上打电话，聊到一件好玩的事。

他说：“我初中参加过一次军训，晚上八点出发，全程一百里路，步行前进，得第二天早上十一点到。那时候我们开玩笑，把这个叫‘百里夜行’。”

我很吃惊：“百里徒步？！”

他笑：“是啊。”

我：“很多人一起吗？”

他点头：“去的是汤峪。”

我：“哇！”

他：“你知道我怎么去军训的吗？”

我：“学校组织？”

他：“我爸妈从报纸上看到的，然后给我报的名。”

我脑海里瞬间浮现出二零零几年的小县城，马路，商场，吆喝的摊贩，还有送报纸的邮递员，以及他爸妈送他去军训的模样。

请原谅，我开始大笑。

6.

他忽然发消息过来。

问我：“昨天有没有人加你微信？”

我一下子想起来。

“有，不认识，我拒绝了。”

他说：“是我妈。”

7.

他吃完火锅回来。

我凑到他跟前闻，他头一歪。

“你干吗？”

他说：“痒。”

我皱眉，又凑过去，他倏地一躲，看得我火气上来了。

他忽然客气地道：“失态了。”

我：“……”

8.

早上对镜梳花黄，我唱："悄悄问圣僧，女儿美不美。"

他看我一眼："人家唱歌是女儿国国王，你唱歌是女儿国流氓。"

我嘴角一抽。

9.

开车回城里，他说："想睡。"

我说："我来开吧。"

他直接来了一句："我开还能小睡，你开我就得永远沉睡。"

我："……"

10.

拍婚纱照前一天，我严重落枕，躺床上大半天动不了。之前我就有颈椎病，没想到这次又出了问题。拍照时我脖子僵硬，还要穿高跟鞋，背花篮，走草地，一天下来很辛苦，他不停地给我揉脖子。

晚上回来，他一边揉一边教育我。

他说："你这就是一直伏案写作，习惯不好。都是大人了，做事要像打太极一样，不能像打七伤拳，要柔和，接招就是出招，出招就是接招。"

我听得一愣一愣的："我怎么这么爱听你说话呢。"

他笑了。

我："那你再揉一会儿，我多听听。"

他："原来在这儿等着我呢。"

我笑。

11.

还是他给我揉脖子的一个晚上。

我："看你揉得这么累，好辛苦。"

他："不辛苦。"

"我都心疼了。"

他："你就装吧。"

哈哈哈！

我笑了好久。

12.

秋天的风是安静的，总是悄悄地来，悄悄地去。

我对他说："我想离开这儿，辞掉工作。"

这个问题困扰了我三年。

他说："好。"

我问他："可是我不知道未来会怎样。"

他说："那不重要。"

我："如果我失败了，一事无成比现在更糟呢？"

他开着车，看我："不会，一日三餐管饱。"

我猛地鼻子一酸，偏头看向窗外，那一刻我在心里想象自己获得自由的样子。

也许是一棵树、一只鸟、一片瓦、一阵风、也许是一个人，静静地呼吸，呼吸每一秒钟的空气，细细地看每一个高楼，听每一场雨，看每一片叶子的纹路，追着蝴蝶的踪迹，慢慢地走过每一条路，然后迎着风奔跑。

像《海蒂》里奶奶说的那样："如果生活中的某件事带给你快乐，你只需要去做它就行。"

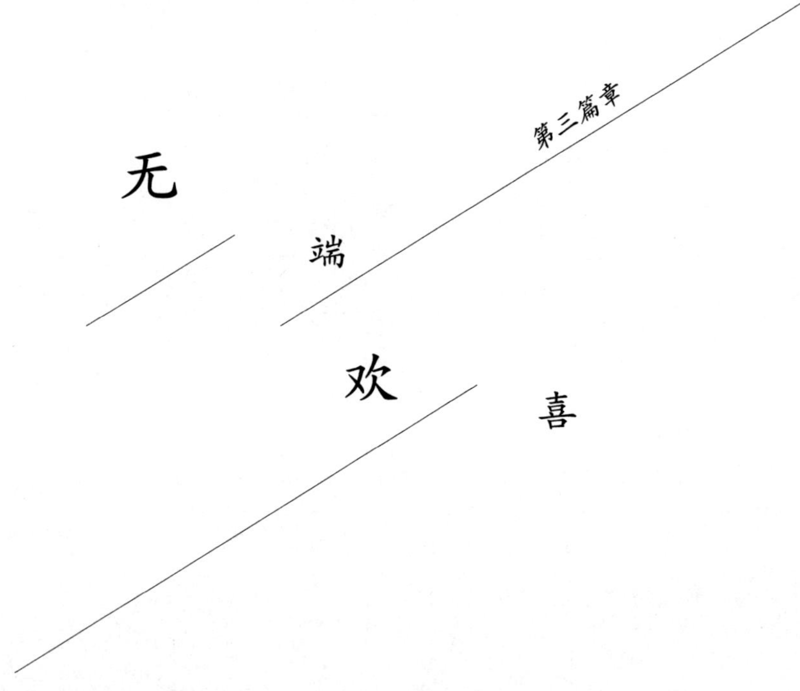

第三篇章

无端欢喜

姜荷篇

一只小猫

他不抽烟，有饭局的时候会喝一点酒，其他没什么兴趣。

他还喜欢猫，恋爱会让两个人相似，时间久了，我也爱上了猫。

傍晚下班我从咸阳回西安，地铁口总会有几个人摆摊，面前放着一个大笼子，里面有几只小猫。

我经过时总会看一会儿，舍不得走。

有一天看到一只新来的小猫，它的身体是奶黄色，四只小脚却是黑色，可爱得很。我蹲在跟前看了它一会儿，它也看我，一双眼睛圆溜溜的，楚楚可怜。

我老家以前养过小狗，很机灵。每次周末回去，我还没进门，它就从里面跑了出来，黏在我身边，舔我的脚踝。它在一个冬天生了两只小奶狗，可是小狗夭折了，没过多久，它也被车撞了。

我伤心了很久，再也不养小狗了。

现在因为他，我又重新燃起养小动物的渴望。那晚打电话给他：“我看到一只很可爱的猫，想养。”

他比我理智：“买了谁养想过吗？”

“家里？我每天下班回去喂它。”

“你妈还有辅导课，忘了？”

我开始泄气。

“我妈有很严重的洁癖，不能养，会让我送人的。要不我先买了，放在你单位宿舍行不行？”

他说：“我每天都在外面跑，顾不上的。”

“那怎么办？”

他：“我们现在可以买，但如果没能力照顾的话反而会害了它，它也会孤独，没有安全感，知道吗？”

我声音钝钝的：“嗯。”

他轻叹一口气，说：“最多再等一年，房子装修好了，搬进新家，我们马上就养一只，好不好？”

“真的？”

“真的。”他说。

我回头看了一眼那只小猫，它还在看我，笼子里的灯光落在它身上，凄凄惨惨。

而我只能咬牙走开，并祝福它找到一个好人家。

三言二拍

中学时，我每周的零花钱不多，想买一本几十块的书得攒很久的钱。

印象最深的是，读书时我买过一本《三言二拍》，寥寥短篇，通篇白话，非常通俗易懂。

里面爱情故事偏多，大多都是穷酸秀才与深闺小姐暗通款曲之事，有喜有悲，却也时常让人感叹。

有个堂妹，她和对象是自由恋爱，可叔和婶不同意，她闹了很久，最终两个人还是分了手。

我见过那个男孩子，热情大方，有眼力见，会说话，对堂妹特别好。但两家父母有恩怨，他们这一生如果真要在一起，恐怕要走到与父母断绝关系这条路上。

我妈悄悄问我："要是我不同意你谈这场恋爱，你怎么办？"

"想办法让你同意。"

"要是还不行呢？"我妈说。

"拖着呗！"

现在很多女性选择单身生活，一个人的生活也并不比两个人差。

没遇到他之前，我便已经做好了一个人孤独终老的准备。

昨晚吃完饭一起回家，两个人肩并肩散漫地走着。

我问："我胖了你会不会嫌弃？"

"不会。"

"真的？"

他忽然道："我能想到最浪漫的事……"

我以为是那句很古老的话。

结果——

"就是和你一起慢慢变胖。"

我："……"

晚上风很清凉，我们慢慢散步，走回了家。此刻路灯昏暗，行人三两。

我想起王小波式的爱情："我想和你做尽艳情之事，目中无人至随处拥吻，阴天看海，雨天做爱，永远年轻，永远侠骨柔情。"

偶尔远离人群的五天

第一天

很久不上网，信息泛滥。看了一眼微博，又下了线。

现在是周六的下午四点，我们刚从装修的新房子赶回来，他在睡觉。

房子里很安静，可以听见远处树上知了的叫声，大地一片祥和。

他从身后抱着我，睡得不沉。

我看着夏日午后的窗外，静悄悄的。沉默地看了一会儿，我轻声问他："你觉得幸福吗？"

他睡眼蒙眬，低低地"嗯"了一声。

空调缓缓地散发着微微凉气，窗外夏日蝉鸣，这是个适合酣睡的下午。

我的声音很轻："现在窗外阳光灿烂，天也很蓝，空气新鲜。就这一刻，静静的，就很好。"

身后，他好像睡着了。

躺了一会儿，只觉得他的掌心很烫，可在这清凉的空调房里却觉得温暖。

我贪婪地睡了两分钟，从他怀里钻出来，去写小说了。

第二天

弟弟硕士研究生毕业，已经正式上班一个月了。他昨天给我发微信视频，我们聊了一会儿天，他整个人看起来神采飞扬。

“姐，给你发个红包。”

我笑：“我不要，你自己花。”

“我发工资了，给爸妈每个人都包了红包，也得给你发，不许拒收。”他特别认真地道，“要不就支付宝。”

“那你少发点，给自己攒着。”

他扬扬下巴，说：“够花呢！”

正要说话，他已经开始念叨：“我读大学你送我新电脑，这几年动不动就几千块零花钱……”

几秒钟后，他发来一个超大红包。

第三天

最近梦见去世的外公和爷爷，梦里很真实，醒来后只觉得虚妄，好像还在梦中。

跟朋友讲，她说过两天你回家去给老人上个坟吧，我说好。

王朔在《我的千岁寒》里写：“现在想人间，能让我想起来光线如雨的，都是人齐的时候。父母年轻，孩子矮小，今天还在远方。穿什么衣服不重要，好风水，就是该在的都能瞧得见。”

年近三十，我已经到了曾经渴望长大的年纪，却依然两手空空，什么都没有学到。

房间门被推开，恋人走了进来。

我看着他：“睡醒了？”

他“嗯”了一声，坐到我身边，睡眼惺忪地看着我说：“醒来见你不在，怎么跑这儿来写？”

我说：“给电脑充电，卧室不方便。”

正是傍晚，房间里有些许闷热，蝉鸣声更响，楼下还有小娃娃的叫喊声。我给一只耳朵戴上耳机，听歌。

他找了位子坐下，玩起手机来。

“这边热得很，你去卧室？”我说。

他看着我：“就在这儿。”

这样也好，我一抬头，他就在，这样的结局也不错。

第四天

今天和他去售楼部买车位。

房产经纪问我们：“一次性（付清）还是贷款？”

我们俩互相看了一眼。

“贷款是什么条件？”我问。

“首付最低三万，最多可以贷十年，利息大概两万，现在新房要装修，我建议还是贷款比较好。”房产经纪说。

“这个现在能办吗？”他问。

“现在不行，要是上周还可以。”房产经纪说。

“那还挺麻烦的。”我思量着。

“所以您二位看，一次性（付清）还是贷款？”

我们俩互相看了一眼。

“一次性吧。”我们俩异口同声。

房产经纪是个年轻人，藏不住笑了出来：“我还第一次听到怕麻烦不去贷款，一次性付钱的。”

我们俩：“……”

第五天

弟弟的女朋友在我家住，她每天下班回来会买点水果和零食，然后和我聊一会儿天，聊聊日常。有时候我在写作，她就静静地待在自己的房间。

最近她喜欢吃螺蛳粉，想把我拉上。刚写累了，我出去转一圈，她在煮粉。

厨房流理台上一排排的螺蛳粉像在站军姿，长长的队伍，整整齐齐。

我笑着看她：“这么多吃得完吗？”

“吃得完，给你煮一包？”

我摇头笑笑：“现在不太饿，等写完再说。你最近什么情况？是不是吃上瘾了？这都快把超市里的螺蛳粉都搬来了。”

她笑着打趣：“你前些天不也一直在吃酸辣粉？”

我低头大笑，是哦。

这个月上旬，我玩抖音时顺手买了三箱酸辣粉，没人陪我吃。后来我一看形势不对，赶紧把抖音卸载了。

厨房里的味道渐渐变浓，我抬头看窗外，天终于暗了下来。

寂静总是在深夜里

1.

前两天，买了两本余华的书。读了两篇散文，摘自余华的《没有一条道路是重复的》。

看到他写儿子小时候，算了算，好像他儿子今年大概二十八九岁了。他在书里写，喜欢从小就给儿子听钢琴曲。我想起最近一直听的《爱的礼赞》，重新打开网易云，清澈舒缓的曲子缓缓流淌在房间里，内心瞬间获得巨大的平静。

转念间，我脑海里闪过一句话：时间是一切答案。

这几个月心绪起伏，杂乱无章，此刻心中忽然就有了答案——等待时间过去。

我一回头，恋人靠在床头玩手机。

正是夜深人静的好时候，刚刚好。

2.

我很喜欢买书，哪怕有时候束之高阁。

单就买这个行为，已经是我解压的一种方式，总觉得拥有很多安全感。

现在的卧室被书堆得很满，我却很快乐。

我有很多种书，悬疑、盗墓、解密、种植、采访、心理。有的看得懂，有的看不懂。我就这样把它们堆放在桌上、床头，也拥有满满的幸福感。

他问我："这些书花多少钱了？"

我："可以去冰岛旅行一趟。"

3.

我在打字。

他靠在床头，看我："张教主说该睡觉了。"

我："谁是张教主？"

他："我。"

我："那我是谁？"

他："敏敏特穆尔。"

4.

我："你会不会变心？"

他："只要你不整容。"

5.

这个周末回了一趟老家，路上要经过一个服务区，我去了一下洗手间，出来时，迎面遇见了夕阳。

陕西今年雨水多，时隔多日终于又看见落日，我心跳慢下来，拍了两张照片。

回到车上，他看着我笑。

我："笑什么？"

他："又拍照了？"

我："你看见了？"

他："本来没注意，看那儿站了个人，不用抬头，我就知道是你。"

6.

老家在乡下，有黄黄的玉米和绿色的树。

他说："你回了老家，就很接地气。"

我："接地气？"

他笑："从索菲亚变成了二妞的感觉。"

我："……"

7.

昨天晚上喊饿，他去客厅拿面包。

我说："去你家吃饭我总是吃不够。"

他笑："你吃得太少。"

我"嗯"了一声，开始娓娓道来："有点拘谨，不好意思多吃。这样的后果就是，每次我都吃不饱。"

他："那你说。"

我："以后吃饭，你要是看到我手里空了，就赶紧给我拿一个续上，我不好意思自己拿，记住了吗？"

他："记住了。"

我："可是拿多了，我能吃完吗？"

他："你有这个实力。"

8.

晚上我睡不着，让他讲个故事。

他说："我爸喜欢唱歌，偶尔会哼两句。有一次外婆来家里住，听见厨房里我爸一边洗碗一边哼，很是担心，出来看着我妈，说了一句话。"

我很好奇："啥话？"

他笑："他是不是出啥事了？"

这……

9.

还是睡不着，又让他讲了一个故事。

他说："小时候，老家的门房上面有一个平台，三米多高。我和张亮打赌，看谁敢跳。张亮说让我先跳，那时候胆子挺大的，二话没说就跳了。"

我："然后呢？"

他："按理来说，跳下去的时候借个力滚一圈就行。我当时太小，没有意识到，直接跳，膝盖'哐当'跪在水泥地上，疼得我大哭。"

我靠在他肩膀上笑。

他说："把张亮吓的，撒腿就往门口跑，还大喊。"

我："喊什么？"

他："我哥跳楼了。"

哈哈哈！

10.

今年颈椎出了很多问题，总是习惯性落枕。

拍婚纱照的前一天扭了脖子，我疼得起不来床。他陪着我一起去了医院，可人家下班了，只好去找人按摩。

他说："认识你之后，你为我打开了新世界的大门。"

我："什么？"

他："我还没去过按摩店。"

我："……"

11.

那天说起一件好笑的事。

他张口就来："认识你之前，我都是飙速；认识你之后，我都是限速。"

我："为什么？"

"惜命。"

我瞬间领悟，问他："自己想的还是网上看的？"

他："网上看的。"

哼！

12.

那天问他："我对你是不是特别好？"

他淡淡地道："还行吧。"

我："……"

13.

晚上七点，他打来电话。

我问：“这么早打来干吗？”

他说：“听听猫叫。”

“我还有稿子在写，一会儿说？”

他笑了笑：“好。”

14.

现在是深夜九点半，写完上述寥寥段落，我开始神游。

电热毯很暖和，掌心热得流汗，我趴在床上的小桌子上，一边放着几本书，一边放着空茶杯。

深夜寂静。

再见朋友，我要给他打电话去了。

玉簪篇

风从远方带来了消息

1.

他很快要过生日了，不知道送什么好。

那天我直接问他：“你想要什么样的生日礼物？”

他说：“不要。”

我：“说一个吧。”

他：“还是算了。”

我：“真的不要啊？那我随便买了。”

电话那头静了半天，我正要说话，只听见他道：“你给我买这个。”

下一秒，一个淘宝链接发了过来。

我惊讶半天：“你这速度够快的。”

他说：“你要真买了我不喜欢，还得强颜欢笑。”

我：“……”

2.

恋爱一年左右，我们开始吵架。

我们有过一段密集的矛盾爆发期，每次吵架我都想分手，一直以来他都在默默地包容、忍耐，还有不离不弃。

有一次和好后，他说：“以后吵架，能不说分手吗？”

我想了想，说：“好。”

那天之后，哪怕和他再吵架，我也不提分手这词了。我们之间慢慢产生更多的信任和安全感，我也不再患得患失。

因为我知道，他不会走。

恋爱两周年时，聊起吵架这件事。我说：“当年度过那段争吵期，是因为我学会了换位思考，我们才能和好。走到现在，你要感谢我。”

他点头称是。

我笑：“所以你要更多更多更多地包容我。”

他：“那是自然。”

我蹭了蹭他的胳膊：“还是要感谢你，那个时候没说分开。”

他正躺着，说：“不用谢。”

我从书桌前抬头，又听这个人道：“我吃到嘴里的肉还能跑了？”

我：“……”

3.

想给他买一双鞋。

我说：“我按照自己的审美给你买，好不好？”

这个人直接来了一句：“一听就很害怕。”

我：“……”

4.

我：“有一天你不爱我了，会因为什么？”

他：“那就是我放弃自己人生的时候。”

5.

他睡在被窝里，我站在床边。

给他喂完橘子，我说：“我想打你。”

他：“是因为喜欢就会放肆吗？”

我：“……”

6.

我躺在床上看电视，脚踩着他的腿。

他忽然偏过头来看我。

我：“你是不是想说我特别好看，越看越爱？”

他看了一眼我的睡姿，说：“我想说你越来越欠揍了。”

我：“……”

7.

他看着我：“你现在很有生活气。”

我：“以前没有吗？”

他：“以前只有美丽的皮囊。”

我：“……”

8.

他开着车，我们去看装修。

十字路口，太阳很大，我看着窗外。

问他：“你幸福吗？”

他：“幸福。”

我：“哪里幸福？”

他：“幸福就是我坐在这儿，一转头便看见你绝世的侧脸。”

我：“……”

9.

和很多女生的喜好不太一样。

我不爱口红、项链、化妆品，喜欢的都是一些小玩意儿，特别是一些小家具，经常买很多回来捣鼓，放在房间里就觉得很温暖。

后来，房间里放满了小桌椅。

晚上聊天，他忽然道：“你是还珠格格。”

我没明白。

他：“伺候你的都是小桌子、小凳子。”

这话说的，真是个人才。

10.

周五晚上，我们在西安的家里。

买了一个小小的投影仪，放着《请回答1988》。

我们躺在床上，他看手机，我敲着字，墙上的投影在小声播放，我们时而说两句话。

他：“每年的燕子都是春天回来。”

我：“怎么忽然说这么句话？”

他静静地看着我：“你就像是春天飞回来的第一只燕子。”

11.

睡觉前，我们聊天。

我：“说个故事。”

他：“你比奶油面包和黄焖鸡都重要。”

我：“我就只配和这些比吗？”

他：“我可以一辈子不吃这些。”

你赢了。

12.

我们一起去咸阳看装修，我故意道：“好累，要不你去吧？”

他：“行啊。”

我：“那我在家等你？”

他：“好啊。”

我：“那你停车。”

他真停了车。

我握着门把手，看着他，再三道：“那我走了。”

他：“嗯。”

我开始跳脚：“我真走了。”

他：“你走吧。”

我：“……”

13.

我：“好想吃宜家一块钱的冰激凌啊！”

他正开着车：“我们去吃。”

我：“好远的。”

他：“那也不怕。”

14.

晚上回家，我出了地铁给他打电话。

听他那边的声音像是在吃饭，他跟人家说：“加个黄瓜。”

我问：“你在食堂？”

他：“嗯。”

我：“吃的什么？”

他：“随便吃点。”

我：“那吃的什么？”

他：“面。”

我：“……”

说了两句，我就挂了。过了一会儿，我一个人实在无聊，又给他打了个电话。这一回他声音清醒了很多，还叫了我名字。

我：“你和刚才不一样。”

他：“哪不一样？”

我：“刚才讲电话很冷淡，现在说话就暖暖的，很温和。”

他说：“那会儿在食堂，有很多同事。”

我：“打电话又不碍着他们。”

他笑：“那就是我正常说话的样子。”

我："是吗？"

他"嗯"了一声，说："和你说话的时候才不正常。"

我："……"

15.

冬天的夜晚很冷，走路都带一阵风。

经过小吃摊时我给他打电话："下班了吗？"

他："嗯。"

我看了一眼水果摊上的橘子，忍住没买，然后听到他说："我买了些书，寄到西安了。"

我："给我买的？"

他说："给晨晨买的。"

我问："怎么想起给晨晨买书？"

他："上次给他买的漫画只有十本，现在出了七本续集。"

忽然有种感动。

小弟今年十一岁，读六年级，喜欢看漫画。他也喜欢看漫画，和小弟有相同的兴趣爱好，看动漫也能看到一块儿。

有一天晚上，我在房间收拾东西，一转头就看见，他和小弟整整齐齐地坐在床上，看着投影的动漫，瞬间觉得世界温柔起来。

冬天很冷，房间却很暖和。

16.

很喜欢冬天，有一种温暖在。

这种天气窝在卧室的床上，插着电热毯，又到了看《请回答

1988》的时候了。

深夜的房间宁静祥和，我点一支香，淡淡的檀香味弥漫开来。

想起剧里的台词：“在这冷冰冰的恶言相向的世界里，让你能坚持活下去，维持人生温度的，不是什么至理名言，也不是一针见血的发言，而是温暖人心的话语。”

周一早上，他送我去单位，出发前，我看了一眼棉外套和羽绒服，问他：“你说穿哪个好？”

他想了想，说：“羽绒服。”

我：“会热吗？”

他：“这两天有雨。”

我忽然有种平静中的温暖。

17.

即将踏入二十八岁的门槛，想重新出发，可每次想起都会很焦虑，担心未来比现在混得惨。

昨天读《人物》采访，看到一个视频。演员张译穿着一身西装，坐在台阶上，面向空无一人的观众席，淡淡地笑着。

他眼里充满光芒，那是一种已经踏实走到山顶却依然对未来充满无限期望的光芒。

我看完视频，躺在他身边，他将下巴搭在我的头上，轻轻呼吸着。

我说：“给你念几句话吧。”

他蹭着我的头发，我轻轻念着刚才张译说的那句话：“实现心愿的过程，也许很苦、很累、很难，但是心愿成真的那一刻，真美、真好、真快乐。”

他慢慢笑了，“嗯”了一声。

“要是一事无成，你会接受我折腾吗？”

他说：“不会一事无成。”

我：“你怎么这么肯定？”

他笑：“就是相信。”

18.

一个人的时候，会觉得一个人好。

两个人的时候，我：“想吃橘子，你去厨房拿。”

他放下手机，掀开被子下床。

我：“想喝水。”

他抬头，伸手找杯子。

我：“床有点冷，开高档吧。”

他拉开被子，弯腰去按键。

我：“把那本书递给我。”

他看我一眼，发出一声叹息。

我笑，他慢慢地，也抖动肩膀笑起来。

19.

半夜他去洗手间，我醒了。

等他回来，我趴在床上说：“可想你了。”

他笑：“你这个人。”

房间昏暗，灯火可亲。

你永远不会独行

1.

订婚那天是二〇二〇年元旦，他爸妈在酒店定了酒席。

我穿着简单的大衣，扎着马尾，当时对化妆品过敏，只抹了口红就过去了。

我那会儿也是头一回知道，订婚还有钱拿。

四桌酒席，双方亲友来了三十多个，红包收了一大堆，我坐在车上开心得不得了。晚上回去我坐床上一数，足足有一万块，像一笔意外之财，惊喜了好久。

他坐在床上，看着我："有这么开心吗？"

我笑："你家那边给得不少。"

他笑："都是你的。"

我趴在床上整理红包，一边乐一边看他，他对着手机端详了很久，似乎是在和人聊天。

"怎么了？"我问。

他道："我收到一条微信。"

我一愣，凑到跟前看了一眼："我弟怎么给你发消息？"

他将手机屏幕转向我。

上面几行字，赫然写着：哥，从今往后你要好好对我姐，我相信你们俩一定会很幸福，有些事让着点我姐啊！

我心里五味杂陈，鼻子瞬间就酸了。

2.

初中时，大家都喜欢写同学录。

那时候学校每年都会打乱分班，到了一学年结束时大家都会写同学录。每一页都写得很满，从姓名到联系方式，兴趣爱好到毕业祝福，还有同学会画一些好玩的笑脸。总之，那时候大家都很快乐。

有一次在家收拾东西，我把尘封已久的同学录给找了出来。

每一页挨个往后看，看到最后一页时，我惊讶地笑了出来。

在第一行填写姓名的那一栏，弟弟写上了他的名字，后面还有他写的爱好和祝福。男生的字体别别扭扭，却又很好看。

不知道他是什么时候偷偷写的，那一年弟弟才上小学六年级。

最后一行他写着祝福：希望姐姐越来越漂亮。

3.

我和弟弟差了两岁，他却像是我哥。

小时候我经常闯祸，总被我妈收拾，每次我都会被她拉进小房间里训话。我弟被我妈关在门外，他听到我在里面哭，就开始拍门，跟着一起哭。

他看着比我稳重多了，这些年来他从中学、大学到研究生，一路以来都比我顺利。毕业后他也签了很好的互联网公司，年薪高到让我嫉妒。可每次和他聊天，我听到的都是："我和同事说我姐是个作家，出版了很多书，他们现在都特别羡慕我。"

我笑："你姐就是个三流作家。"

他摇摇头："我骄傲得不行，姐你得有自信。"

我现在还记得我出版第一本书时，他跑来我房间，让我给他签名，说要当宝贝珍藏，以后还能给人炫耀。

我笑了。

4.

弟弟比我早一年恋爱。

那个女孩是他高中同学，彼此暗恋。直到他念研究生一年级时，两个人才互诉衷肠走到一起。

我还记得那个夜晚。

我妈给我发了一张照片，说："你弟谈恋爱了。"

当时我简直不敢相信，虽然他已经二十二岁。可平时看起来充满阳光又单纯，偶尔还有些傻傻的少年气，不像是会谈恋爱的人。

那一刻，我心里好像有一块地方空了，有一种我最亲爱的弟弟要被别人抢走的感觉，以后他就会关心别人了，不会给我寄水果和"三只松鼠"大礼包，而是给他女朋友寄了。

过了几周，我们打视频电话时，他说："姐，国庆我回西安，给她过生日。你先别和爸妈说，免得他们担心。"

我忽然就哭了，哭得很厉害。

他还有些不知所措："姐。"

我流着眼泪："就觉得你有了对象，以后就会有新的家庭，像咱妈和舅舅一样，长大了关系慢慢就远了，太难过了。"

他安慰我："咱们俩和他们不一样。"

“怎么不一样？”

他说：“我知道你有多好。”

我止不住哭：“你都没从北京回来给我过过生日。”

他开始哄我：“我明年回来给你过，别哭了啊！”

我吸了吸鼻子：“行。”

第二年我开始谈恋爱，那年生日我打电话给我弟：“啥时候回来？”

他：“姐？忙。”

我：“……”

一天之后，我收到一个“三只松鼠”大礼包。

5.

从小学到高中，我和弟弟每天都一起上下学，因为妈妈是教师，那些年我们就住在学校教师宿舍。直到弟弟去江苏读本科，我们才开始有了断断续续的分离。

小时候不太懂家长里短的事，长大后看到曾经关系很好的妈妈和舅舅，在舅舅有了自己的家庭后，他们的关系就慢慢疏远了。

我经常和他谈起这些忧愁，很害怕我们之间也会有那么一天。

我问他：“咱们俩不会长大了也和他们一样吧？”

他：“不会。”

“你怎么知道？”

他说：“姐你不是那样的人，我也不是。”

6.

二〇一〇年春节，我家小弟弟出生了。

他一个月大时就去了乌鲁木齐和外婆生活，直到一岁半才回来。那一年我读高三，每天下了晚自习最想做的事就是亲一亲他的小脸蛋。

小弟最初不认识我，和他接触了两周才让我抱。

有一次，我打了一个喷嚏，小弟看着我，眨眨眼睛，口齿不清道："姐，你感冒了？"

这是他对我说的第一句话，我差点喜极而泣。

七年后我拿到第一笔稿费，带他出去玩，去游乐场，去金丝峡，去重庆坐轮渡，看烟花和电影，感觉无比幸福。

好几次给他买礼物，他会说："别买了姐，太贵。"

我揉揉他的小脑袋："不贵，姐挣钱就是给你花的。"

小弟弟是我们家最美好的宝贝，他给爸妈带来了很多欢乐，也让大弟提前学习了以后怎么照顾小孩。

小弟刚出生的那一个月，都是大弟半夜爬起来给他换尿布和冲奶粉，而我和我妈睡得云里雾里，打雷都听不见，哈哈。

7.

结婚那天，阳光特别好。

老家的接亲习俗是天亮之前要把新娘接回去，我凌晨一点半就起来化妆，折腾了三个小时。天气有些阴冷，我穿着晨袍坐在化妆凳上，只是觉得镜子里的自己很陌生。

他来接亲的时候，家里很热闹。

弟弟妹妹挡着门要红包，妹妹问他我最喜欢吃什么水果，他说橘子。伴郎在一旁偷偷找鞋子。所有人都很开心。

我一回头，弟弟在偷偷抹眼泪。

8.

大弟是婚礼上哭得最多的人，从早上接亲到去酒店举行婚礼。先生的伴郎因为疫情不能赶来，大弟便顶了上去，做了婚礼庆典的伴郎。

后来我去换敬酒服，跟妆师悄悄问：“新郎左边的伴郎，你认识吗？”

我笑：“那是我弟。”

“亲的？”

“亲的。”

跟妆师说：“他从婚礼开始就一直在哭，偷偷抹眼泪，担心被大家看到。我还在想这男生是新娘什么人，怎么比你父母哭得都厉害。”

我一时说不出话来。

“我观察了他好久，真的一直在哭。”跟妆师笑了。

我的眼眶瞬间湿润。

9.

婚礼结束，家人一起聊天。

他们问我：“新家装修得怎么样了？”

我：“差不多了，之后就是软装。”

妈："你爸给你买冰箱。"

爸："你妈给你买洗衣机。"

大弟："我给你买超大电视机。"

小弟："我看电视。"

被他们簇拥的我，幸福得晕头转向。

追寻过去的时光

1.

“我聪明吧？”我经常问他。

“聪明。”

“你夸我我都不好意思了。”

“这是客观描述。”

我：“……”

2.

我是一个超级敏感的人，总因为一件小事难过很久。一直以来，特别想把这个毛病改掉，想凡事都淡然一些。

那天躺床上发呆，他也躺在旁边。

我看着窗外，对他说：“我总是会想起那些不开心的事，因为别人一个不友善的动作都会难过很久，是不是很差劲？”

他看向我，说：“不会。”

我：“嗯？”

他笑笑，说：“这叫共情。”

我“扑哧”一声，笑得咧开了嘴。

3.

总是有太多放不下的理想，还想着重新出发，于是，我经常问他一些重复性的问题。

比如——

“我真的会变好吗？”

“我什么都没有了怎么办？”

“我还是很害怕未来，要是失败了，你会嫌弃我吗？”

那天，我又问他：“我以后要是离经叛道，你能接受吗？”

他：“能。”

我：“真的？”

他：“只要你能挣钱给我花就行。”

无语。

4.

有一天早上，阳光很好。

他伸了个懒腰：“这是很好的一天。”

我：“啥？”

他：“从被老婆骂开始。”

我：“……”

5.

一个普通的夜晚。

他说：“这周回老家吧。”

我：“嗯？”

他："我们把证领了。"

我："好。"

6.

今天回家，准备扯证。

路上我们俩和小弟一起去吃了大盘鸡，然后打印了身份证，休息了一个小时，去了民政局。

他开车，我坐在旁边。

我说："人家问是不是自愿的，咋说？"

他叹了口气："我什么都不说，直接两行清泪掉下来。"

我："……"

下午两点半我们去登记，把照片，户口、身份证提交，然后工作人员就把章子一盖，红本一发。

我很吃惊地问工作人员："这就好啦？"

对方答："好了。"

我："……"

出了民政局，我问他："不问什么问题吗？比如自愿啥的，还有宣誓呢？！"

他："你想多了。"

至今无法平静。

7.

一直不敢相信我已经结婚了。

回去的路上，我感慨："忽然从单身变成已婚，好不习惯。"

他：“什么单身？！你都谈对象两年了。”

我：“不要咬文嚼字嘛！”

他：“……”

8.

婚礼前一晚，我在老家。

当时弟弟妹妹都在身边，我们说了很多话，直到深夜各自散去。我睡不着，给他打电话。

他说：“我也睡不着。”

我笑。

他：“我爸喝了酒，拉着我说了一晚上话。”

我：“都说什么了？”

他：“就是以前走的路，遇到的艰难。”

我：“传道授业啊。”

他低声笑。

“你那边人多吗？”我问。

“多。”

“不习惯吧？”

“嗯。”他说，“而且大家来看婚纱照，都说你好看，没人说我。”

我：“哈哈哈！”

9.

结婚那天，我一直处于紧张状态。

凌晨一点半起床，开始化妆，然后坐着打盹，拍照，直到清晨四点五十分，楼下喊车来了。弟弟妹妹们立马关上并堵住门，准备要红包。

我在一阵恍惚中被他抱下楼。

很奇怪，家族里其他姑娘结婚时，我都特别开心，喜欢那种置身事外的热闹。忽然有一天，当新娘是自己时，有的只是紧张。

车队走了四十分钟，到了他家。

下车，跨火盆，回屋。一套流程走下来，我已经累极了，与同行的妹妹、奶奶四仰八叉躺在床上，吃着被子上摆着的“早（枣）生（花生）贵（桂圆）子（莲子）”。

等到十点，一堆人进来要红包。妹妹管着红包，她一个一个发。我摆着别扭的姿势，将秀禾服铺展开，在旁边看着妹妹笑，心里想的是，赶快结束吧。

他时而进来看我一眼，又紧接着出去接人。

十点半，去酒店。

我换好婚纱从房间走了出来，他就站在门口看着我，笑了笑，然后过来拉我的手。

那会儿四周没人，我说：“抱一个吧。”

他走近，双手搂过我的腰。

我将头轻轻放在他胸前，问：“你紧张吗？”

“嗯。”

“那怎么办？”

想起这个人话少又腼腆，我比他还担心。

他说：“我不太习惯这种热闹的场合，但一想到要娶的人是你，就什么都可以忍受。”

10.

婚礼上的誓词，一直没想好。我们携手站在酒店大堂门口等待，看着里面亮着橘色灯光的走台，以及三四十桌的客人。

当主持人热场时，我开始不知所措。

我问他："你想好誓词了吗？"

他："忘光了。"

我："……"

当我站在台上，许许多多的光打了过来，我看不见下面的来宾，只看得到身边最近的他。

主持人问："新郎想对新娘说些什么呢？"

我还在为他紧张，他忽然看向我，目光平静且淡定："昨天晚上送你回家的时候，你说你想挖个坑跳进去。现在想想，怎么能让你挖呢？挖坑的人应该是我。这两年，我们谈恋爱，你有很多小习惯，记忆最深刻的就是你喜欢写便利贴，然后贴在墙上。你总是写想要很多很多爱，那么今天，就让我来实现这个愿望，好不好？"

我在他说"我想要好多好多爱时"就开始哭。

从前参加别人的婚礼，我总觉得这样很矫情，要是自己肯定不会哭。可当这一天到来时才发现，默默流泪已是最大的克制。

后来我们去敬酒，每一桌都会有长辈夸赞他——

"说得真好。"

"都感动了。"

"差点掉眼泪。"

"念过书的就是有文化。"

我站在他后面，拿着酒杯，笑。

11.

最初喜欢他的原因是：他的声音很好听。

婚礼誓词他一字一句，我听了只想抱抱他。

12.

“你对我真好。”

“说吧，你想要什么？”

13.

“我不想上班。”

“可以。”

“那你会养我吗？”

“那当然。”

“真的？”

“这不是没得选嘛。”

我：“……”

14.

因为疫情，婚后我们没有去旅行。

我们周末的活动大多是他开车，我坐在副驾驶座，然后一起出门溜达溜达，去爬个山，游乐场玩一玩，逛逛海洋馆动物园。

有次我们去爬南五台，我一路爬得飞快。

他跟在后面叮嘱：“你慢点。”

“我不害怕。”

“我怕。”

“你怕啥？”

“好不容易娶来的媳妇儿，还没焐热呢。”

我：“……”

15.

我挺喜欢星座知识的，有一次和他聊起。

他说：“你知道马克思主义中国化成型的第一个理论是什么吗？那是付出了很多牺牲得来的宝贵经验，可以帮助你认识世界，改造世界，比起那些所谓的星座知识简直就是云泥之别。”

我呆住了。

他笑：“我念过书，厉害吧？”

请受小弟一拜。

16.

晚上，关了灯，我们聊天。

他说：“昨天办公室的同事去吃饭，有一个说他发了工资，给老婆买了两千块的香水，接着其他人都说起自己给老婆买了什么，然后轮到了我。”

我：“你怎么说的？”

他：“我说，买书。”

我：“……”

他：“那些人的表情一个比一个惊讶。”

我：“哈哈哈！”

17.

他总说我是佛式睡相。

姿势：被窝下，躺平，偶尔双腿交叉，菱形状，一只手放在腰前，一只手肘放在脑袋旁边，向上弯着，掌心朝上，时而睁开眼，或者闭上。

他给我拍了一张照。

我忍不住笑，还是不太理解这个姿势是怎么生成的。后来有一天，我特别累，回家就往床上一躺，这个姿势很自然就出来了。

他站在窗边，居高临下地看着我。

我感慨："终于知道为啥佛祖喜欢这样的姿势了，太舒服了。"

亲爱的读者朋友，不骗你。

18.

他："你看着像……"

以为他会说好听的词。

结果，他说："像金毛。"

我："……"

19.

给他打电话。

我："啊！相公！"

尾音婉转到八千里外。

他冷淡道："你给我走开。"

我："……"

20.

每次他开车，我坐在车上，看着外面的楼、树、瓦房和云朵。

我希望我是它们。

等微风从窗外吹进来，我就对他说："我好想静静地停下来，去看每一片树叶，每一盏路灯，每一只鸟，每一面墙，还有墙上的裂缝，以及被太阳照到的地方，还有每一片云，每一条公路，路上的尘土，远方的夕阳。"

他总是笑笑，不说话。

那天在车上，我想起一个故事，就跟他讲："一个小和尚问老和尚，什么是道？老和尚就说，从前挑水的时候想着砍柴，砍柴的时候想着做饭。现在，挑水是挑水，砍柴是砍柴，做饭是做饭。"

十一月很漫长，我经历了很多事。好的、不好的，包括一些抉择。有时候人生路上就那么几个路口，它决定着你的命运。

我开始自省，希望自己可以平静地接受一些事情的发生，不急躁，慢下来，坦然面对二十七岁到来。

今年一直很浮躁，遇到事也会变得脆弱，有时候一些很小很小的事都要在心里搁上好长一段日子，一哭眼泪就止不住地流。

现在是十一月最后一天，明天就是崭新的十二月。

此刻我坐在书桌前，看书写字，静悄悄地等待着新月到来，不再慌乱，也不匆忙。

我一抬头，看到窗外的树、叶子，还有地上的斑驳。

对面的墙上有长长的、歪歪扭扭的裂缝，太阳照下来，温暖又灿烂，我想我可以看上好久。

你还好吗

1.

我俩走在路上。

他："好多菊花。"

我看向四周："哪里？"

他叹息一声，看向我，忽然弯下腰，把我抱了起来。我看向他目光所及之处，心里一阵酸涩。

于是，他将我放下，说："视角不一样，看到的不一样。"

我："……"

他："这可以写个小说，我的媳妇一米六。"

2.

天黑了，我俩躺床上说话。

我："你有没有初恋？"

他："初恋是啥？"

我："就是第一眼心动的人。"

他："小学吧，一个同桌。"

我："现在你还会想起她吗？"

他："你要不提，我永远想不起来。"

3.

那天我们准备一起去泾阳的游乐场，因为前一天半夜我睡不着，十二点爬起来买了两张票。

第二天醒来，他问："今天想去哪儿玩？"

我说："游乐场，可是现在还没收到短信。"

"什么短信？"

"门票入场码。"我说，"等了一晚上。"

他开始笑："网上买的？"

"嗯。"

"手机给我看看。"他说。

倒腾了一会儿，还没有短信。

他说："不着急，一会儿就来了。"

"你怎么知道？"

"现在早上七点半，人家没上班。"

我："……"

等了一会儿，短信真到了。有时候觉得他太淡定了，淡定得让我暴躁，不过这样也好。我急性子，他慢性子，良好搭配。

4.

我一直想去游乐场玩，但又有点害怕。

入场后，看着有些危险的游戏项目，我问他："你害怕吗？"

他说："还好。"

我说："你不是恐高吗？"

他说："那不一样。"

我看着过山车就害怕，他说那玩一个简单的，于是我们就去了小白马过山车。

我看车上有卡通标志，想来这是小孩玩的，应该不可怕。

结果全程七八个人，只有我在尖叫。

一趟结束后，他笑着看我："真行啊，喊的。"

我："……"

后来我又玩了很多小项目，碰碰车、海盗船、旋转木马，还有很多忘了名字。也旁观了一些热闹刺激的项目，大摆锤、升降机等，真是让人心惊胆跳，但是真的很有趣。

如果有机会，欢迎大家来西安玩。

5.

前段时间，编辑说要给我俩做个卡通图，让我提供一些有趣的场景。

我就大胆说了："车上啊，夕阳西下的时候，或者路上，小镇……"

她说："换一个吧。"

我："晚上打电话啊什么的。"

她："你有没有发现很多小片段不是在车上、路上，就是在打电话？"

我："哈哈哈哈哈哈哈。"

我们俩异地，是周末恋人，只有星期日才能在一起。从开始谈恋爱到现在，我和他每天晚上雷打不动地打一个电话。

这样也很好，是吧。

6.

这段时间很平静，但也偶尔焦虑，想不起来是因为什么。

有时候一觉睡到早上十点醒来，会感觉到一种急迫，好像浪费掉了大把时光。

有一天早上，阳光很好，想起这些年来总是将生活理想化，从念书，考学，到工作，总是想要公平，总是故作清高，疾恶如仇，追求着过于虚幻的善意，只想做有意义的事，导致很多时候不知道该怎么生活。

读书时看到陀思妥耶夫斯基说的那句："爱具体的人，不要爱抽象的人。要爱生活，不要爱生活的意义。"

有那么一瞬间，只觉恍然。

想起《士兵突击》里许三多说："有意义就是好好活，好好活就是做有意义的事。"

忽然耳聪目明。

人好像总是会在羁绊和释然中徘徊，也许明天醒来，又有很多事情想不通了。

7.

有时候想得太多，什么都想要，又都舍不得，就会更焦虑，更害怕未来。

于是我决定，从今天起，只考虑明天的事，不慌乱，不紧张，不害怕，只做一天的计划，这样也挺好。

8.

说回我和恋人吧。据说他小时候参加过歌唱比赛，是学校晚会的常驻嘉宾。后来到了变声期，从此，他这个特长就消失了。

直到遇见我，他这个特长才给找回来。

有一次在高速上，我说：“唱个歌吧。”

他：“嗓子干。”

我：“一点点？”

他：“困。”

我：“好吧，那我睡会儿。”

他看我一眼，刚好车载广播里陈奕迅正在唱《淘汰》。这人二话不说就直接跟着唱了起来，我偏头看他，笑，真好听啊！

9.

结婚后，有时候会忘记自己已婚的身份，也闹过一些笑话。和他说起，他总说，无所谓，就那样吧。

最近西安疫情严峻，小区封闭，大家都在居家。

晚上我接到一个陌生电话。

刚接通，一道男声传来，一口气说了好多话，大都是疫情的事儿，说不要乱跑，还问需不需要买些吃的给我寄过来。

我听了半天，问：“你谁呀？”

对方：“我是你爸。”

我：“嗯？！我爸在客厅看电视呢。”

又愣了半天，空气安静，才反应过来，哦，是他爸。

我：“哦，爸。”

10.

刚才在整理东西，我把从前的盒子换了个地方，发现还是原来的地方合适，一时想到人生，便对他说："看来从前我做过的决定大多都是对的。"

他忽然问我："你做过最对的决定是什么？"

我很豪迈地说："做自己。"

他一脸失望："我以为你会说跟我结婚。"

我："……"

11.

在家吃大盘鸡，我拿了两罐冰峰啤酒。

我都喝了好几口，他一直没喝，直到快吃完了才打开罐，我说："还以为你不喝。"

他："感觉你会喝不完。"

我："那为啥又喝？"

他："想了想我为什么要喝你剩下的，男的还是得硬气点。"

我："……"

12.

准备出门。

他突然看我："你有点像昨天吃的冰激凌。"

我："啥？"

他："可爱多。"

13.

很晚了，我们打电话。

我一边说，一边哼唱。

他：“你把门窗关好。”

我：“嗯……”

他还挺关心我。

接着他说：“被别人听到不太好。”

我：“……”

14.

晚上我们聊天。

我：“你第一次见我什么样子还记得吗？”

他：“有点矜持，冷漠，期待，试探。”

还挺精准。

我：“那现在呢？”

他：“现在就很真实，说明之前不太正常。”

这是说谁不正常？！

15.

我忽然问他：“谈对象这几年，你给我付出过啥？”

他：“我的青春。”

滚。

16.

我：“如果以后生个小孩，我希望他聪明伶俐、勇敢、智慧、自信，脾性好，有耐心，懂得爱，不怕挫折，阳光开朗。”

他：“你要求好高。”

我：“那你希望呢？”

他：“活着就行。”

我：“……”

17.

我：“咱俩有什么共同爱好吗？”

他：“爱钱。”

18.

现在是深夜，小区异常僻静。

我睡不着，从床上爬起来，喝两口热水，打开电视投影，一边听一边写字。

房间很温暖，他不在西安，我一个人，却并不孤独。

也不知道看到这句话的你，现在是否还好。

祝愿平安，健康。

过春天

1.

他周五回西安，我们准备周六早上一起回老家。

这是一个特别平和的周末，我花了一个夜晚和一个白天的时间在投影仪上看完了第一季《双城之战》。

最近还看了一个公路片《穿越大吉岭》，导演是韦斯·安德森。他的片子构图漂亮，每一帧都很好看，一直都很治愈。提起他的另两部作品，《布达佩斯大饭店》和《了不起的狐狸爸爸》，我想你应该认识。

记不清这两天我问了他多少遍："要是短期不解封，影响你的工作吗？"

他总是不厌其烦地笑笑："不影响。"

这个星期一的下午，时间好像停止了。

我打扫卫生，他在家工作。

我看书，他休息。

手机短信提示今天有大风预警，窗外的树不时摇晃，眼睛里一片翠绿。

风吹过来，是春天。

2.

我和他说了个事。

过了会儿，他又问，我："刚才都说了呀。"

他："没反应过来。"

我："……"

他又问："要是我痴呆了，你管我吗？"

我脑子有点神游，"嗯"了半天。

他忽然道："你居然犹豫？！"

我："……"

3.

马路边有盆野花，很香。

我故意问："能不能拿一朵？"

他说："你去吧。"

随后，他走到几米外。

我："你干吗？"

他："我离你远点。"

4.

晚上看书，电脑上在放刘德华的《17岁》。

我回过头，他端了一杯热水站在我跟前。

我冒着星星眼："好感动，我都不知所措了。"

他哼笑："别演了。"

好的。

5.

忽然想起有一天。

我说："我们俩都需要陪伴。"

他思考了一秒钟后，说："我需要一个老婆。"

我心里有些不痛快："所以才和我结婚？"

他摇了摇头。

"你出现了，我才觉得我需要一个老婆。"他说。

6.

我时而做作。

比如他正在开车，我总会忽然说："我觉得我比昨天更喜欢你。"

他会笑着接话："我也很喜欢你，还很爱你。"

7.

现在是个春天，天气很好，温暖，有风。

我们经常周末出去溜达，走遍乡间野道，看青山翠绿，水波温柔。我踩在水池里的石头上，一回头，就看见他拎着包站在身后，不仅会陪我闹，还会接我无聊的问话。

我写稿子时，他会给我端一杯热茶。偶尔在客厅看电视不打扰我，偶尔坐在我身边沉默地玩着手机，在我交稿前陪我一起熬夜。

我问他："开着灯会不会打扰你睡觉？"

他睡得并不好，但还是说："不会。"

凌晨三点，当我写完最后一部分情节时，他从床上静静地爬起来，看着我收拾完书桌，然后一起入睡。

8.

我们经常拥抱。

和他一起出去玩，他把车停在路上，解开安全带时我们会拥抱；

他送我回西安，在第二天他去上班的清晨，分开时我们会拥抱；

星期五的傍晚，他开车过来找我，见面时我们会拥抱；

假期爬山，和他走在山间小路上，太阳很大，我们会拥抱；

写小说很累时，他走进房间，我耷拉着肩膀看他，我们会拥抱；

有时候坐电梯，我们也会拥抱；

我很喜欢拥抱这个词，至今觉得它是世界上最温暖的动作。

9.

这几年生病，我脾气变得很差。随着身体慢慢变好，我开始学会慢下来，想发脾气时会三思而后行，开始渐渐地变得温柔、调皮，有耐心，更有小孩性子。

因为他的陪伴我开始慢下来，他似乎比我还相信我，总是鼓励我，夸我聪明、善良又有趣。

因为他，我很喜欢现在的自己。

10.

刚才问他："我们之间，你有什么印象深刻的事吗？"

他说："就是现在。"

我："啥？"

他说："看着你一点一点地变圆，印象最深刻。"

我："……"

11.

四月末，我养了一只猫。

那天，我把自己收拾得很漂亮去接小猫，比跟他出去还有仪式感。

因为他喜欢猫，我也开始喜欢，经常买带着猫咪图案的各种小物件，看见流浪小猫还会逗一会儿，喂好吃的，总觉得那样会很快乐。

好像他就在身边。

12.

有关小猫。

昨晚给它买玩具，走的时候被男老板叫住。

他问："有……吗？"

我没听清，走近："卫生巾？"

老板："益生菌。"

当时我尴尬得可以用脚趾在地上扣出个两室三厅。

13.

今天是五月三日，我们开车出去玩。

一路上阳光普照，车里放着《后来》。他妈妈坐在后面，看着窗外山野翠绿，低低哼唱。我偏头看他，他开着车，风吹进来，只觉得世界很浪漫。

这一天我们走了很远的山路，两边都是翠绿的树和流动的水，还有漫山遍野的洋槐花。

我在前面跑，看见五只大白鹅走在路中间，一个个颠着屁股滑向水里。

我跑得太远，他打电话过来。

“去哪儿了？”他声音里还有笑意。

我给他拍了一张照片，他笑：“走太过了。”

我仰天长叹，只能原路返回，走了一会儿，看见他和他妈妈坐在那边的长椅上等我，我从花丛旁探了个头，给他们拍照，他转过头就看见我，笑。

我太渴：“可以吃冰激凌吗？”

“可以。”

“还想喝可乐。”

“买。”

第一个冰激凌吃完时，我问他还能再吃一个吗？

他说：“过会儿吧，现在不行。”

我吃瘪，但是很快乐：“好哇。”

14.

近些日子，我开始关心快乐这件事。

从前的我，每天都很焦虑，害怕未来和失去，总担心没有发生的事情。这几年经历了很多事，心态慢慢地有些改变。

很突然，有一天，我忽然就明白了。

像珍妮特·温特森说的那样，我要快乐不必正常。每天晚上睡觉前做好明天的计划，只做一天的安排，多一天也不想，只想今天要做什么，快不快乐，平静地接受一切发生。

现在是深夜，网易云正放着歌。小城慢节奏的乡野生活让人内心平静，房间里的落地灯散发着温暖的光芒。

我在写小说，他在和猫玩。

15.

五四青年节的这个早晨，我迷迷糊糊醒来，他正给猫铲屎，我听着小猫在床底蹭来蹭去，发出窸窸窣窣的声音。

窗帘半拉着，太阳出来了，房间里很安静。我闭上眼睛，轻轻地做了个深呼吸，再睁开眼，他还在给猫铲屎。

又是很好的一天。

16.

二〇一七年我二十三岁，日子过得很糟糕，总觉着活到二十八岁就好了，有时候也会想想五年后会什么样子。

现在是二〇二二年，我二十八岁，已经待在自己曾经想象过的未来了。

这一年我结婚了，养了一只叫佳佳的猫，写着自己喜欢的小说，有了存款，可以自由地吃着草莓和西瓜。身体时而好，时而不好，依旧需要不间断地去医院。

但内心从没有像现在这样平和过。

从前很羡慕某种生活，像王朔写的那样：“真希望在电影里过日子，下一个镜头就是一行字幕：多年以后。”

现在不太想了。

第四篇章

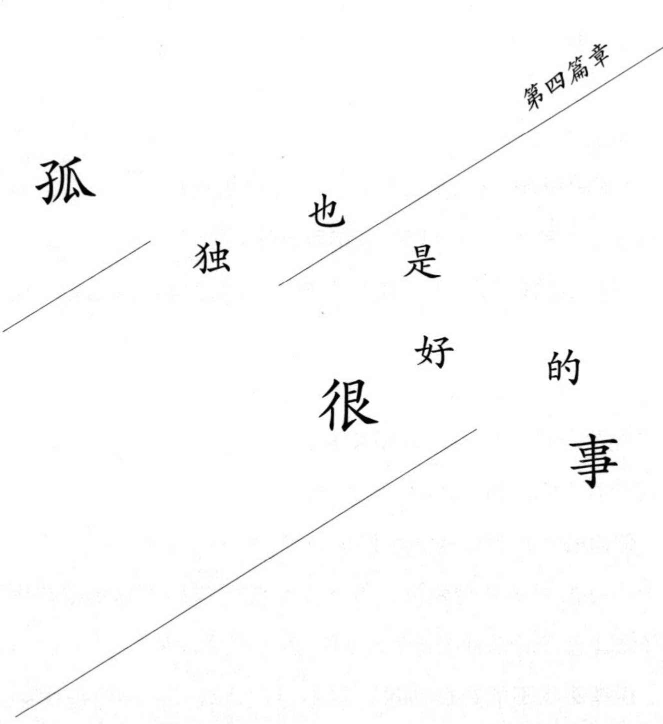

孤独也是很好的事

上春篇

开篇

二〇二〇年三月二十九日

为什么要叫这个名字？《有的是时间》。

因为男朋友喜欢徐佳莹的歌，他时而会哼两句：“给我一瓶酒，再给我一支烟，说走就走，我有的是时间。”

正巧前段时间看了一本书——《托斯卡纳艳阳下》，在这之前，读者推荐了它的同名电影。

我记住了意大利那个花开遍野仿佛时间都过得慢的悠闲小镇，也时常想起这本书的开头。这个美国作家说她在国外买了所房子，慢慢修葺它，反正有的是时间。

有些话我不能在微博讲，也不能在公众号说，于是找这么一个地方，静静地写，给有缘人看。

我不是个充满正能量的人，甚至有些消沉厌世。写在这儿的话大都是一种生活的记录，记录痛苦过后的平静，这是我与自己和解的方式。

此刻在听一首轻音乐《The rain》，我家人在客厅看《水浒传》，听着门外他们偶尔一两句的说话声，我敲下这段文字。

一切都静悄悄的，静悄悄的。

我坐在外公去世前住的房间里，一抬头好像他还躺在那儿，又好像回到三年前。

那时我还在乌鲁木齐外婆的家里，外公也还健康，喜欢楼上楼下地跑着给我拿水果吃，还会坐在房间的藤椅上和外婆说话。

外婆在绣花，我在写那部让我被大家认识的《他笑时风华正茂》。

家里的猫叫灰灰，被外婆喂得很肥，它的毛有点淡淡的烟灰色，平日里，它要么窝在外公脚下，要么躺在外婆的床脚。

那一年冬天，房间外下了很大的雪，落满了院子。

我身体差得厉害，写乏了便推开窗看雪，外婆从绣笼里抬起头看着我说："快关了，吹凉了。"

我"哦"了一声，回头便看见外公坐在藤椅上，低着头睡着了。

爷爷去世前我也在，他查出来病时已是癌症晚期，半年不到就走了。

我记得那是一个阳光特别好的下午，我扶着爷爷坐在老家院子里晒太阳。

爷爷靠在摇椅上，眯着眼睛睡觉。我坐在小板凳上，耳机里在听《Hero》，手里拿着《东京一年》。

太阳落在院子里，爷爷睡了长长的一觉。

敏感的我时常被微小的痛苦折磨着，总是会想起这些离别的时刻，夜晚也曾偷偷躲在被子里小声哭。

感觉自己固执，拧巴，爱钻牛角尖，爱较劲，自私，消极，害怕失败，恐惧未来。

我妈今天骂我："你除了善良，一无是处。就是有双大眼睛、漂亮的脸蛋，此外一无是处。"

感谢我可爱善良的母亲。

我昨天夜里特别难过，想到了一句话："我原以为夜晚是最难熬的，后来才知道，当你一觉醒来，还是清晨，听见窗外鸟儿在叫，一切都静悄悄的，等待你的还有一个长长的，长长的白天。"

不能熬夜，我该睡觉了。

日子还长，有的是时间。

恐

惧

二〇二〇年四月一日

我好像一直恐惧一些特别细小的事情，事后总感觉当时的自己太可笑了，却也松了一口气，感叹一切都过去了，没有带来麻烦。

几年前我在书里看到这样一句话：“其实你什么都不用怕，走着走着，就又到了下一个回头看的日子。”

我想我大概是怕麻烦，怕不被认可，所以很多时候连说话也小心翼翼。

或许这也是我不喜欢和人打交道的原因，怕想太多睡不好。毕竟一个人难过的时候，总感觉夜晚漫长。

很多读者知道我容易悲观，经常跑来安慰我，你们都是非常积极乐观的人。除了感谢，其实还想说，不用安慰。

一来，抑郁根深；二来，“丧”会传染。

我们彼此陪伴就好。

我要接男朋友的电话了，先写到这里了。

想做的和应该做的

现在是一个春日的下午，西安下了点小雨。我在床上辗转反侧，又爬起来坐在桌前，不是特别想看书，一点劲也没有。

从年初到现在，时常有这样的感觉，做什么都提不起精神，可能从生病做手术的阴影走出来，我还需要时间。

看到留言里有一个姑娘说："如果不是抑郁根深，性格本来就如此呢？"

这话清醒。

我在《他笑时风华正茂》里写过一段话，说的是一个学生问孟盛楠："如果有一个机会回到过去，您最想做什么？"

孟盛楠的答案是："听曹雪芹续讲红楼。"

这段并非我本意，哪怕真有这个机会，我也不愿回到过去。

小学六年我换了六所学校，有时候一学期一所。那个时候没有电话，离开了这个班级就再也见不到这些同学了，唯一的朋友是我大弟。

读四年级的时候，班里有两个女生，有点大姐大的样子，各领着一群女同学玩耍，阵营分明。我想和她们玩，但又被孤立。后来可能因为我是教师子女，她们才渐渐"亲近"我。

印象最深的大概是一个男生，特别爱玩的那种，他偷偷往我桌肚里塞零食，被同学发现了起哄。

我脸红又自卑，然后他把零食拿走了，我们再没说过话。再后来，我就转学了。

中学时代过得其实不太好。

我在花口初中读了三年，每年都会重新分班，我刚打算和别人做朋友就分开了。过个暑假回到学校，见了面也只是打声招呼，再过个暑假就不认识了。

那三年我在校外住宿，因为十一岁半就读了初一，不懂世事，夜里经常哭。从小学起我就一直在我妈身边，那时教师子女大多被关照，没人敢欺负。可到了外面的世界，便由不得耍性子了。

那时候特别想结交好朋友，可一个都没有。

读初一时，后桌有个女生，开始和我玩得很好，有一天她忽然写了字条说“我们绝交吧”，现在想想也是伤心。

还记得有一次中午放学，我从学校跑出来，一眼就看见我妈站在宿舍门口，拎着水果和一个新水壶，远远地看着我。

现在想起，既温暖又难过。

男朋友当时比我大两届，我读初一时他在花口读初三。他说每次放学他都以百米冲刺的速度跑出学校，发了疯似的那种奔跑，跑回家打开冰箱吃雪糕，是他夏天放学后最快乐的时刻。

有一次他说，他读高中时好像真的见过我，要是那个时候认识我就好了。

我心里笑，如果那时候就认识，那可能就没我们现在什么事儿了。

再后来读高中，内向，腼腆，偏科严重的我，脑子里一天天不知道在想什么。暗恋过几个男生，又不敢靠近。

唯一后悔的是读了理科，可惜了我平日里语数外的好分数，导致大学念了不喜欢的专业，白白蹉跎了好几年的大好时光。

很多年纪小的读者问我："读大学怎么选择专业？"

我在《他在海棠花下》里借着周逸的小姨回答过："当然是喜欢的。"

这话对了一半。

上大学二年级时我才找到了自己热爱的学科：新闻。

那时总是逃课去文科楼听课，我的专业课成绩从年级前三掉到排名勉强七十名。可我不后悔。

可就算这样，大四准备考研时我还是退缩了。

本专业考研分数线极低，我的高数超级好，再加上学校资源丰厚，特别容易上线。如果放弃去考新闻学，那我就是三跨，跨专业跨省份跨学校，分数必须考到三百八十分以上才有机会进复试。

在复习本专业时我特别痛苦，于是五一回家后和爸妈长谈，发现自己还是热爱新闻学，最终决定转战备考，一年不行就考两年。

那时候的我一点新闻学基础都没有，我上网查资料，买了十几门的专业课本，在各种QQ群、贴吧、考研帮都留下联系方式就是为了买真题，写了一沓笔记，每天背诵两千字论述。

这些经历我都详细地在专栏《舒冬远方》里写过，那是一个真正的我。

但即使这样，我还是要说："专业也好，工作也罢，都要选择自己喜欢的。如果暂时没有找到方向，那就一个劲地学习吧，想想你以后要从事的工作，然后再做选择。先做好应该做的，再说想做的。"

爸妈都说以前的我开朗活泼，现在却变得一点也不快乐。

这些年，我的性格早已在潜移默化中改变，变得内敛，沉默寡言，偶尔又渴望说话。

那位留言的姑娘说得很对，我想我本就如此，自卑、敏感，害怕每一件小事。难过的感觉于我而言，如同刀割。

我只是想让自己生活平静，心情平静，不大喜大悲，活得从容淡定。

平和

即使在白天，我也习惯开一盏台灯写作。暖黄的光会让人的内心渐渐温柔起来，平心静气地把要说的话写完。

前两天终于有时间出门，去等我妹（堂妹）下班。

我背着大帆布包，站在马路边，看着长长的、空空的马路，有那么一瞬间觉得特别迷茫，不知道人生该往哪儿走。

说起来有点好笑，不过是出一趟门罢了。

我妹住在工业园区，和另一个堂妹一起搭伙，她们租的房子很小，生活辛苦，舍不得花钱。

晚上她下厨做了几个菜，床上铺了垫子，饭菜都摆在上头。我们仨盘腿而坐，吃得特别开心，好像又回到小时候。那是某个夏天，我们挤在乡下爷爷家门口，躺在草席上乘凉，有说有笑，一个个十来岁，聊到星星不见了才回家。

现在我很少回老家，却喜欢听她们讲从前的邻家女孩如今都过得怎么样了。有的二十岁就嫁人生小孩了，有的刚生了小孩就离婚了，有的出远门打工，反正各自有各的路。

从前，大家都只有八九岁，大年三十串门走亲戚要到压岁钱就跑去商店买好吃的。晚上几个孩子凑在一起放花炮，你在他家门前一喊，他就出来了，不一会儿，就叫出来一堆人。

现在过去十几年，大家四散而去，不禁感慨岁月匆匆，不见旧时光。

说起恋爱与结婚，一个堂妹说：“现在离婚率太高了，我还是一个人过吧，最好的状态是谈一场长长的恋爱。这世道变了，结婚跟闹着玩一样，走着走着，他就把你撂半路上了。”

有个很好的朋友，去年夏天相亲认识了一个男生，闪恋闪婚，前几天刚生了一个小男孩。

她曾经说，只要那个人对你好，其他都可以不要。

可当他们两个人在面对买房结婚，为钱发愁的时候，她不说我也知道，日子过得还挺艰难的。

小堂妹说：“姐，生小孩一定要想好了，除非你很爱那个人，愿意为他生孩子，要不然特别痛苦。”

“你为什么会这么想呢？”我问她。

她说：“那可是人生人啊！”

忽然就有点想掉眼泪。

我时而脆弱，有时候觉得活到三十八岁就好了，剩余的那些时光分给我爱的人。

晒晒太阳

二〇二〇年四月七日

今天的西安，阳光很好。

早上吃饭，餐桌变成了会议桌。爸喝了点白酒，借着酒意对我吐露衷肠。他说我这几年病痛折磨也好，学业失败也罢，造就了现在这样的性子，可能已经成为习惯。但这种习惯是不对的，还有希望改过来。

前些日子男朋友买了一本书《南极的眼泪》，讲的是帝企鹅与生命抗争，走别人不愿走的路。

作者在腰封上写了一段话："现代社会变化很快，所以我感觉大家都担心自己落后，过着焦虑不安的生活，有很多人因焦虑而自杀。但是我想大家需要一种坚持，不要和别人比，以自己的速度往前走，自己为难的时候，更需要关心别人，一起努力生活。像帝企鹅一样的生活。"

亲爱的朋友，要给自己寻找一个信仰，或者一句箴言。

这样的话，有一天你过不去那道坎了，它能引导我们在面临重大选择时做出决定，不惧怕，不依恋任何人。

好的，我得出门晒晒太阳了。

花朝篇

我的二〇一八年

大概某个周末，我在网上书店买了一本《墨菲定律》，收到书有些失望。翻了几页便再也看不下去了，于是和同事小张抱怨，后悔自己买了。

小张说："因为你没找到自己想要的答案。"

一年半以来，人海中那个平凡的我经历了考研、毕业、二战、生病、再战又放弃、休憩调养、找工作、上班。

因为不愿意做本专业的工作，于是连一张跨考文凭都没有，什么都不会的我选择去做文编。我每天都会接到面试电话，每次推门而入都要鼓起勇气，每天晚上回来后都会重新修补简历，再打印。就这样跑了近两周，脚趾磨了很大的泡，可心里竟然有种自豪感。

终于，我在一个周五的早晨接到了通知。

毕业就考研，接着生病休养与外界隔离一年半的我在那一刻不知道有多傻，特别大声地对卧室里的老爸喊："爸，我找到工作了。"

然后，我哭了。

我经历的都是很普通的人生，却真心觉得自己是拼尽了全力在战斗。

一个人的生命力能有多旺盛呢？

在低谷接踵而来时，我抑郁过，也想过死。最严重的是在写“风华正茂”的某一个夜晚，我躺在床上闭着眼睛，在脑海里一遍又一遍地重复着吃了安眠药等待死神降临的假想过程。

现在说起来，可以一笑而过了。

在我浑浑噩噩站不起来时，拉我一把的人是我的老爸老妈，老爸说过最狠的一句话是“我怎么要了你这么个东西”，却在别人看不见的地方将自己的手砸向玻璃墙。

二〇一八年，我开始过正常人的生活。

上班，下班，再忙也要抽空和同事出去涮串、吃火锅、逛街、游湖。认真且努力地生活着。

那份文编工作，后来我没有去。老爸老妈不愿意我再写东西，他们希望我和普通女孩一样把自己打扮得漂亮有生气，而不是总坐在电脑边敲敲打打活在自己的想象里。

老爸说有经历才能写出好东西，才能发现生活依然五颜六色。

我想也对，于是各退一步握手言和。

我现在的工作很忙碌，但没压力。谈不上有多么喜欢，但每天下班的时候我是快乐的，就好像找到一个避风港，那就先冷静地待一会儿吧。

我在《余音绕梁》的后记里写过，那是和一个朋友聊天，他说我不应该再去写那些过往青春和回不去的年少，我应该用我的笔将我的读者带向不可预知的未来，告诉他们我所面对的这个世界，我们共同的相似生活，以及经历的痛苦彷徨和一次又一次的失败，还有共鸣与感动。

现在是二〇一八年某天下午一点钟，我在单位宿舍写下这些字。

想起很多年前，余华还没有出名时，他在简陋的宿舍里跷着二郎腿拍着桌子说：“一年后我要写一部伟大的作品。”

一年后，他写了《活着》。

日常

昨天在笔记本上摘录了一句话："去想无关紧要的事，想想风吧。"

这些天过得挺糟糕，身体反复无常，预约后天去医院。还要准备一些单位需要却没什么意义的考试资料，烦躁。

昨晚失眠，忽然发现自己已经渐渐偏离了原来的样子，有时候鼓起勇气想做出改变，却又被现实打败。

早晨送小弟去上学，作为家长，我陪着他一起排长长的队，帮他整理书包，以及要交给老师的承诺书。

学校门口全是穿着校服的孩子，那一刻我觉得我老了。

我沿着马路慢慢走回家，晒着太阳，慢慢地走，风有点大，莫名地想起那句："去想无关紧要的事，想想风吧。"

心情忽然轻松下来。

生活里总有些意外，偏离了你暗自要走的轨道。

今天下午看了一部电影《革命之路》，像是莱昂纳多和温斯莱特在《泰坦尼克号》的续集。

电影里，他们为了挽回婚姻，决定搬去巴黎。

就在弗兰克决定向上司提出辞职时，他却突然升职加薪，此时妻子爱普莉又怀孕，他们最终没有搬走。

可是，电影的结局很惨。

你看，生活总是在这种紧要关头向你提出问题，目的就是考验你是否有足够的勇气去做想做的事，否则你将迷失在这种暂时被浮华包裹的危机里，看着生活像是变好了，可后来呢？

你会长期煎熬在这种你不喜欢的生活里，慢慢地变得麻木，退缩，只能无数次地安慰自己："生活的本质大概就是这样子。"

真的是这样吗？

一个人平静度过

前段日子看过一点《伍尔夫传》，伍尔夫是一个很有名的女作家，有着很严重的精神疾病，但她一直坚持写作。

有一天，阳光挺好，她的丈夫在花园打理杂草，她偷偷溜出院门，跑去河水边，往兜里塞了一块大石头，把自己沉了下去。

传记电影《时时刻刻》讲述了她的故事，还有《薇塔与弗吉尼亚》，也是一部关于她的传记电影。

昨晚面临了一次精神崩溃，很严重。

凌晨两点，我坐在窗边，看着远处高楼上一闪一闪的红光，想着要怎么解脱自我。

第一次崩溃是二〇一六年底，当时我的身体机能失调，备受煎熬与折磨，那种痛苦的感觉印象深刻。

很多读者觉得我家庭和睦，工作稳定，应该活得开开心心才对，会觉得我有些小题大作，自怨自艾。

不知道怎么解释，我好像很难控制自己的情绪，尤其在一个人低落消沉时，会对周围发生的一切都产生细密的痛苦，像针扎一样。

那个晚上我控制不住自己，特别需要帮助，于是给北京的心理热线打电话，打了两遍没打通。我又打给武汉心理热线，接线那个姐姐三十来岁，很耐心地听我哭了两个小时。

她说，她好希望此刻她是我身边的朋友，拉着我去精神专科医院做治疗，可她不是，她很难过。

后来的日子，我一个人平静度过。

一日三餐，熬不过去就睡觉，我躲在安静的书堆里，和这个世界不说话，好像慢慢就好了起来。

妈妈曾问我，你为什么总是不高兴呢？

我说挺好的，哪有人时时刻刻都快乐。

对我而言，平静就是快乐。

像那首歌里唱的：“你说最好的人会到身边，此刻我也这样想。”

期

待

我总会因为一些细细密密的小事担惊受怕，感觉自己随时都要垮掉一样，不知道你们有没有这种恐慌的时候。

工作这两年，看到一些人为了讨领导欢心，一个劲往前凑，使出各种招数。

我巴不得她们看不见我，就想躲得远远的，藏得深深的，什么功名利禄都不想要，只想默默做好自己的事情，下了班就赶紧闪，最好不要有人注意到。

昨天过生日，看到大家的留言和祝福，受宠若惊。

一方面难为情大家的惦记，你们说的话，做的视频，我看了都很感动。还有一方面，我对于成为焦点这事好像不太习惯，甚至会惆怅。

你说，我是不是有病？

收到生日祝福应当很开心才对。可开心的时候又伴随着一点焦虑和不安。老实说，我害怕。可谁会因为祝福而害怕？

大概真的有病。

和他在一起的第一个生日，那个深夜我们打了很久的电话，十二点的时候，他特别准时地发了一个红包，说："二十六岁的猫，请多指教。"

我忍不住在微博留言分享了这份简单的快乐。

我不爱过生日，总觉得这是个挺普通的日子。不喜欢过生日其实还有一个重要原因，大概不想自己的期待落空。

但是昨天，我真的很开心。

双手合十，永怀感恩。

祝我们永远十七岁，做个小孩。

樱序篇

这些年来

有一段时间“爬山梗”很火，和电视剧《隐秘的角落》有关。我关注了《人物》杂志的公众号，机缘巧合之下看到了原著作者的访谈，之后买了一本他的《坏小孩》来看，确实很精彩。

文字简练，故事节奏也快，一口气提上去再落下来，一个下午我就看完了。印象最深刻的大概是作者在采访中说的那句：“一年大概写两本，一本用来挣钱，一本给读者看。”

这些年写作，我对自己要求挺苛刻。在创作过程中，有时候对自己严格到一个标点符号，一个词语，我都会想一个下午。

总而言之，希望我笔下的故事能呈现出最好的样子。

虽然每次写完都觉得自己写得很差劲，也不知道自己这种坚持是不是有点可笑，但依然痴迷于写作的每个细节。

每个人都会变，而且会随着时间长大。

一年前我还很喜欢听歌，码字也好，走路也好，耳朵里永远都会塞着耳机。现在喜欢耳边真真切切的声音，已经很少听歌了。

搁在从前，但凡码字我必须找一首符合当时创作心境的歌，要不然写不出来。如今坐在电脑前，往往写了很久才意识到，我没有放歌。

所以你看，人是一直在变的。

二〇一七年秋天我开始生病，医生说痊愈至少三年，现在是第三年，医生说明年夏天大概就好了。

一个人身体状态和精神状态是分不开的，有一个出问题，另一个也会出问题。生病那几年，我因此而悲观、消极、厌世、低落、自卑，情绪不稳定，脾气坏到没朋友。总之就是恶性循环。

今年虽然还是挺糟糕，但至少有点期盼。

秋天时谈了一个男朋友，他不完美，我们时而吵架，却也能互相理解，坚信彼此是对的人。他偶尔气死人，却也会在我睡不着的半夜一点打电话陪我聊天。

我问他："你明天还上班，没精神怎么办？"

他会笑着说："不影响。"

昨晚上失眠，我在微信公众号写了一句话。

"最近好吗，要说话吗。留个电话，我打给你。"

后台收到好多电话号码，不知道打哪个。还收到一些姑娘发来的让人难过的消息，也不知道该怎么安慰。

当时正要打给一个女孩子，他的电话就过来了。

我问他："怎么这会儿了还没睡啊？"

他说："忽然醒了。"

昨晚留电话的姑娘们，真的对不起。

很多读者问《西城往事.2》，其实这本写得有点艰难。如果有时间，难产之余我会写《这些年来》，当作调剂。

像那句话："一年大概写两本，一本用来挣钱，一本给读者看。"

那些不好的，去他的。

有个读者留言说，当年你痛苦难过时去看看《杜甫传》就有力量了。后来我买了冯至写的版本，看到“流亡”那一章，不忍心再往下看。

读到杜甫和李白会合那一章时，看他们旅行，喝酒，同住，夜里畅谈，不知道有多痛快。

不知道为什么，这些年我特别容易难过。

脾气变得很坏，间歇性暴躁，不理人，玩消失，自我否定，自私脆弱，嫉妒理想和成功，讨厌所有人。

谁都不想搭理，谁也不想见，好像生命里的每一天我都很难过。

昨晚上网，翻到席慕蓉的一句话。

“挫折会来，也会过去；热泪会流下，也会收起。没有什么可以让我气馁，因为，我有着长长的一生。”

我有着长长的一生？

还是活到四十八岁好了。

一路两个人

今天是星期日，九月二十六日。

九月十九日是我们恋爱一周年。那天是个星期六，我俩中午吃了一顿海底捞，花了二百四十块钱。每一份菜只点了半份都没有吃完，算是我们恋爱以来吃得最贵的一顿饭。

记得我们第一次见面时，是一起喝了稀饭。哈哈，他说我太好养活了。

有点奇怪，和他在一起时，我喜欢走街串巷，坐在地摊看夜市，尝小吃。和朋友在一起时，往往都是去视野很好的商场餐厅，一顿饭吃完顶我和他好几顿饭钱。

今天我们睡了个长长的午觉，傍晚去看《夺冠》，这好像是我们恋爱一年以来第一次度过的完整一天。

我们俩是周末恋人。

如果你问我，现在还有理想吗？

有的。

我和他说以后我们有机会就去南方生活，我想三十五岁就退休，不过得先攒够钱，然后找一个喜欢的事做一做。

现在的我还是时常迷茫，为了向往的工作我还在继续坚持，备考，失败，再考。一路磕磕绊绊地走下去。

想起《夺冠》里的那句话："有的人喜欢追梦，有的人喜欢现实。"

我觉得每一种生活的样子都很好。

现实主义也好，理想主义也好；坚持也好，失望也好；乐观也好，难过也好。这些都是一种情绪，我们要管理好自己的每一种情绪，学会接纳它，随后平淡笑笑，把自己当作局外人去看这发生的一切，然后对情绪里头的那个人说："你一个人也挺寂寞吧，常来坐坐。"

有句话很俗，但还是想说。

现在的你或许正在努力，经历失败、迷茫、不安、恐惧、彷徨，只要信念足够强大，请告诉自己："一年，两年，十年，坚持的人总会走到最后。"

我们一起在最美的山顶相遇吧。

此刻是晚上九点五十五分，我们刚回家。他在身边看竞技游戏《英雄联盟》，我在敲字。

我们都要坚持住，然后开心一点。

昨天我妈给我洗头发，水很热。今天我坐在沙发上，看见她玩抖音，然后在客厅跳舞，笑得很开心。

我拍了张照片给大弟发过去，他也笑。

外婆又回了乌鲁木齐，她很孤独。每天有一半时间，她都给我妈发视频，给小姨发视频，给几个孙子、外孙女挨个发消息，问我们在干吗，问我手术怎么样。

我对生活依然充满恐惧，容易陷入悲伤，也容易在夜晚做噩梦，有时候会梦见鬼，被吓得一身冷汗醒来。

这种细细麻麻的敏感让我痛苦。

你看过《绿里奇迹》吗？

看过的话，也许你会发现我大概就像电影里那个黑人大高个一样。如果说《肖申克的救赎》是希望，那《绿里奇迹》就是给敏感的人的礼物。

前两天，有一个小姑娘留言安慰我，当时我想起一句话："一个人的痛苦，只有身体疾病带来的疼痛是真实的，其他都是假象。那些痛苦，都是你的价值观带给你的。"

如果上天垂怜，请让我三十五岁就退休吧。

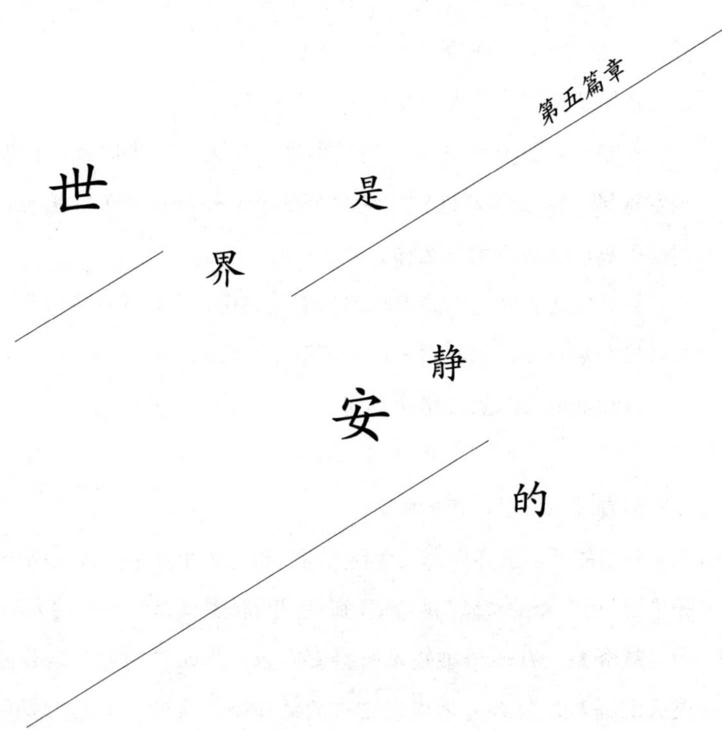
第五篇章
世界是安静的

纯阳篇

那阵乌云来访

“关于这次远征的一切，我能告诉你的是什么呢？”

这是南极探险先驱斯科特在极地丧生前写给妻子的绝命书，请允许我用这句话作为故事开头。

今天是二〇一七年四月七日。

我在更新的公众号里问：“有没有一首歌你听见就想哭？”

我在回复的消息里看到好多答案，读者 Wong 说这是有故事的人才会问的问题。

回复的消息里有一个链接。

它说的是网易云音乐将点赞数最高的五千条评论印满杭州地铁一号线和整个江陵路地铁站，其中有条评论是“哭着吃过饭的人是能够走下去的”。

就在昨天以前，我还在焦虑。

那会儿看到一个视频，是周华健在央视《开讲啦》做的演讲。

他说：“你有机会遇到一个低潮其实是很美满的，我怕很多人都不知道自己在一个低潮期，那会错过检查及反省自己的时间。”

很突然，鼻子就酸了。

一个月前，和一个朋友聊天。我说自己过得一点都不好，每天都特别痛苦，特别压抑，经常一个人发呆，还莫名其妙地掉眼泪，最严重的时候是新年的某个晚上我甚至想过死。

他问我怎么了。

我说：“我现在是一塌糊涂，梦想一塌糊涂，考学一塌糊涂，身体一塌糊涂，工作一塌糊涂。”

我记得他当时说：“你这是人生低谷啊！”

那句话让我瞬间醒了过来。

不知道大家有没有经历过那种一败涂地的绝望时刻。

跨考那段时间，我清楚地记得，我每天从早背到晚，吃一顿饭是两首半歌的时间，然后又匆匆回自习室。如果幸运，可以和后座那个戴鸭舌帽、报考北大物理系、见面时会对我说“嗨”的男生擦肩而过地打招呼。

他是我写“风华正茂”的初衷。

我以前一直以为自己很厉害，后来才知道我也会失败，会倒霉，会因为去校外小馆子吃饭时，发现店家没注意放了辣椒而纠结吃还是不吃。

去年十月中旬到现在，我病了近小半年。刚开始的征兆是打嗝，每天一分钟十几次的频率。

在自习室里我很尴尬，问后座的女生是不是吵到她了。

她不好意思地笑了笑，说：“我以为你是吃多了才这样。”

后来，情况就严重了。

一开始只是胸闷气短，后来很多时候我都直不起腰来。而且不吃会饿，吃了会反酸，一喝水就胀得慌，打嗝就像呼吸一般如影随形。

去年西安下第一场大雪时，我走了几个小时去学校附近的大医院，做了个心电图检查。

医生说我是颈椎问题造成的脑神经阻塞，他开的是治疗中风以及心脏病的药。我吓蒙了，夜里打电话给我爸，他让我别吃药。

第二天大早我还在睡觉，他和我妈赶了过来说要带我回家。

而我，已经不知道偷偷哭过多少回了。

就这样，考学搁置了，我每天都待在家里养病，晒太阳。很无助，也很愤怒，一个人经常坐在阳台眼泪就“吧嗒吧嗒”往下掉。

我妈带我去看病，医生说我是轻度抑郁。

至今说不出那种感觉，很痛苦。我是那种悲观到一个波浪就可以翻船的人，可我妈说做人要有始有终，所以我扛到了考试结束，然后在正月初六那天去了乌鲁木齐的外婆家。外婆每天晚上挨着我睡，给我揉肚子，我看她绣花，听她讲故事。

写到这里，我往前翻看，好像所有的事都没意思，没什么大不了的，那段假装无所谓又煎熬的岁月终于过去了。

可那时候却怎么都受不了，好像活不下去了，现在听起来是不是有点可笑。

早上在公众号后台，一位经常聊天的读者问我梦想是什么。

我只回答了四分之一，说：“双硕士。”

耳机里正放着姜洋的《你画的彩虹》，我喜欢那句“是你给我的力量，让我飞上了天空”，一听眼眶就开始湿润。

上周做了一个重要决定，我背起行李踌躇满志。我妈对着我笑，说：“你的人生你自己走吧，妈只求你身体健康。”

我在火车上思考了很多。

出行前夜和我爸聊天，我说要重新开始。他当时正在阳台抽烟，沉默了好一会儿，才和我说了一句话。

“做人要拿得起放得下，该认输就要认输。”

我知道，他是怕我又走回头路。

就像现在，我内心很平静。虽是低谷，但我知道自己想要什么，想成为什么样的人。

我很庆幸，自己是个有故事的人。

记一个深夜

二〇一七年八月二十四日

刚刚有飞机从屋顶划过。

那种轰隆隆的声音好听极了，不知该怎么形容。明明很躁动，却偏偏让人觉得很亲切，还有一种去远方的盼望。

很喜欢这样一个人的夜晚，听着海浪吹打的背景音乐或者粤语版《十年》，独处的幸福感便更加强烈，幸福到抬头看天空漆黑一片都觉得很漂亮。

几年前爷爷患了食道癌，发现及时才得以重获健康。

晚上坐在大门口和爷爷奶奶聊家常，爷爷说他爸爸，也就是我的曾爷爷也是因为这种病去世的。

那年曾爷爷五十出头，大概就是《平凡的世界》里那样，没吃的，也没穿的，也不知道怎么回事就患上了这种病。

爷爷笑了一声，又叹了一口气，我鼻子突然就酸了。

爷爷今年七十七，曾爷爷去世的时候他才二十岁。

我时常在想，人生在世到底要得到什么才会满足，可我还没想明白。

欲望的沟壑最难填满，对吧？

老一辈人的思想有时候我也不是很理解。

我和奶奶说我以后不结婚，她笑着说我胡说八道，我拼命解释现在世道不一样了，一个人爱自由为什么要结婚生子，你看我爸妈养活我们多累啊！

我妈虽然啰唆，却是个特别善良的女人；我爸虽然沉默，却是个闷声为孩子们操办所有事，让我们无后顾之忧的人。

而我，总挣扎在自由和责任之间，偶尔静下来还发觉自己越发自私与冷漠了。

从记事起，我爸送了我很多手表。

从小学到高中，我收到最多的礼物就是这个了。十七岁时他送我的手表，我戴到现在表带已经烂得不像样了，我仍旧不舍得换。后来因为年代实在太久远，修也修不好了，我才自己买了块新的，将它珍藏起来。

小时候跟着我妈辗转过多所学校，那时候我喜欢用我妈的钢笔写字，现在回想起我妈年轻时真的挺漂亮。这些年来，我生病时她是最担心的，我上个厕所的时间，手机里乖乖躺着她打来的十二个未接来电。

我爸当兵回来遇见我妈，她骑着自行车跑去他家问："你到底喜不喜欢我？"

简直要给我妈的勇气点一万个赞。

几个月前从外婆那儿拿到爸妈年轻时的照片，一个又高又帅，一个又美又白。

那是属于他们风华正茂的八十年代。

现在的老爸有着啤酒肚，笑容不多，老妈刚过更年期仍需要安慰。忽然觉得时间过得特别快，一眨眼他们都快五十岁了。

在一个夕阳铺满天际的下午，我坐上行驶在乡间小路上的公共汽车。道路两边绿树成荫，前方路途遥远。

我看着窗外的夕阳和田野，吹着空中溜过来的风，听着耳机里有人唱着岁月的歌。

那应该是最美的时光了。

同行五路

二〇一七年十月十三日

前些天打开 Word 想写点东西，可能最近过得太“丧”，很多话难以启齿说不出来便又作罢。

写这段时，我妈和小弟坐在我的房间里，在小弟面前我不像是个姐姐，反而比七岁的他还要幼稚。

最近我身上发生了点大事。

请原谅我无法具体说出来，有些事你没过去便永远无法理直气壮地说清道明，除非真正放下它。

前几日和我妈聊天，她说这两年我一个人待得太久，性格都变得古怪了。

我在想，两年前的我是一个什么样的人。

那时的我，每逢出门都戴着帽子和红色围巾将自己裹得严实，会站在人少的地方等地铁，或者专挑偏僻的街道走，像个特别奇怪的人。

你走在路上放眼一扫，可能那个很不起眼的人便是我。

我时而通透，时而迷惑，陷入自己制造的沼泽中出不来，像个苦行僧。是一意孤行、装自大、假清高造就了现在的我。

这两年逐渐将性子磨得无话可说，见人客气一笑后便不再开口。本来也是个没多少自信的人，现在更是所剩无几。

好像好运气都被用完了，所以活得像一摊死水。

我知道自己悲观，经历过诸多失望，遇见让人会心一笑的事实在太少。我拼命努力让自己走出这种状态，可就是怎么也开心不起来。

一切都那么平静且暗淡，像入夜后的西安城。

早些时间和老友聊天，她是个特别理智的人。

我和她吐苦水说对生活失去了希望和信心，好像做什么都没用，连笑一下都疲惫不堪。

她说："你什么时候对自己有过信心？"

好像是这样，像我这样脆弱的人遇事就消极，实属活该。可我多么希望自己活得阳光，做个讨人喜欢的漂亮女生。

苦水吐了一堆，她随后发来一句话。

"保持期待。"

是这样。

反省

二〇一七年十二月十八日

再有些日子，这一年就算过完了。

刚去听钟舒漫的《给自己的信》，忽然觉得临近二〇一八年了，也该给自己写封信了。

这一年所经历的种种艰难和曾经犯过的错误，还有一些至今仍存在的执迷不悟，都让我有些感悟。

于是我打算这样开头——

给二〇一八年：

愿我永不妥协，做自己的神。

昨天中午十一点左右，我爸临时决定一家人出去走走，什么都没带就这么去了昆明池。

太阳实在太好，广场上有音乐喷泉，老人和小孩。阳光从头顶洒下，整个骨头都酥软了。

我们跟着人流往湖边走去。

湖边有白鹭，湖里有鲫鱼，湖上有座鹊桥，桥边有两棵树。还有一池清冷的泛着波光的湖水。

我看着白鹭飞过，然后下了桥，穿过树沿着长长的走廊往前走。旁边一个小男孩飞驰而过，他一边迎着风跑，一边大喊“古来圣贤皆寂寞，唯有饮者留其名”。

大自然不会撒谎，它给了我所有想象。

近些时候我学会了一些新生态的网络用语，笑到嘴角会弯。

像“打call”“画个叉都是爱你的形状”“情敌你好”等诸多有趣的词，我还了解了名词后加个“mio”是什么意思。

总之，每天都会有温暖感动的故事发生。

我还想着写一个童话故事祭奠一下曾经逝去的岁月，然后继续笑着大步朝前走。

可能艰难还没过去，一直都存在。

但这个时刻，我的心灵充满慰藉并且自由。

热爱

二〇一七年十二月二十日

这些年来我一直都有一个习惯，在街头遇上报刊亭都要过去问一下：“请问有《萌芽》吗？”

如果没有就算了，如果有，我会再问：“以前的期刊还有吗？”

幸运的话，我至少会买走一本。然后在路上从头翻到尾，已成我戒不掉的瘾。

昨晚上无意间看到了朴树的演唱会视频，想到认识他的时间和认识《萌芽》一样久。想当初还没有“舒友群”时，我闹着玩地建了一个群，取名“平凡之路”，现在看来这俩字与我渊源不浅。

后来这个群，改名“春日照相馆”。

“听他的歌，你会哭。”一个网友说。

昨天夜深时再次听到，我好像漫步在一望无际的原野和江海，整个人变成了海鸟，自由自在。

他在沉寂多年后再次复出是为了告诉我们——“平凡是唯一答案。”

后来我又去听他的“清白之年”，他说“我想回头望，把故事从头讲”。

我想起了《余音绕梁》，那个可以被称为“散文体”的平淡故事。它可能没有《他笑时风华正茂》那样让大家有共鸣，但我真心觉得它里面的人物比《他笑时风华正茂》更加立体丰满。

《余音绕梁》的结局好像什么都没有交代。

“检票口的人流已经陆陆续续往里去了，她要听他把故事讲完。”不知道他会给她讲什么，是有关离开的父亲，还是看不清前路但依然值得期盼的未来。

我慢慢开始喜欢“热爱生活”的人，每天为生计四处奔忙虽然平凡辛苦，可你们都很了不起。

二〇一七年十二月二十二日

昨天提问："你有没有过那种特别想成为一个人的时候？"

我微信公众号后台看到了很多答案，有些独一无二，特别得很。

她想成为桀骜不驯、肆无忌惮像光一样的少年；

她想成为长得漂亮，成绩没有短板哪儿都好的姑娘；

她想成为简单到今天只思考是吃面条还是吃米饭的人；

她想成为人民教师有一身正气；

她想考上研究生；

她想变成余周周；

她想要自由；

她想成为大侠；

她想要安静生活；

她想成为自己；

她想一个人过，没想为一个人过。

我们就这样一天天长大

二〇一八年一月三日

很多年前读高中，那一千来个日夜于我而言没什么可怀念的。印象深刻的是自己像鸵鸟一样按部就班地踩着自行车上下学，成绩不好不坏，喜欢胡思乱想，天马行空，转眼便已经是个青年了。

二十九号去了一趟北京。

现在想起来二〇一八年的跨年简直跟做梦一样，那个夜里我和死党躺在被窝里看跨年演唱会，直到凌晨两点，她睡熟了我还在对着空气说话。

屋子里只有电视机发出的声音，我听得迷迷糊糊眼皮打架却仍开心得不舍睡去。

十二点一过，我说：“二〇一八来了。”

她那会儿已在酝酿睡意，于是闭着眼睛“嗯”了一声。

我低头去看她的脸，这么好的日子你竟然都不激动？！可是过了一会儿我便释然了。

我来北京蹭吃蹭喝，车费、住宿、玩乐别人全包，还把人家对象挤去外面住宾馆，她有什么好开心的。

既然说起她了，那就唠叨两句。

去年二月，这姑娘在北京领证了，她用微信给我发了一张结婚证。那时我真吃惊，比火星撞地球的反应还厉害。

当时我敲字的手都不听使唤了：“结婚？！”

她淡定地回复：“嗯。”

十七岁过生日时我闹了个乌龙，那年误以为自己十八岁了，还真诚许愿二十岁就结婚并且嫁给第一个送我娃娃的男生。

直到现在超出预计时间三年半我才醒悟，结婚这事对我来说简直就是天方夜谭。

当得知她变成已婚妇女的那一瞬间，我觉得我们俩的友谊要被这个从四川冒出来的男同志给破坏了。

于是这两年她从北京回西安，我都很成功地做了一颗最耀眼的电灯泡。

他们俩的爱情可以好好说一说。

死党刚读大学时他们俩还没好，我记得是大三的一天她跟我说她谈男朋友了，男生是她上中学时在老家认识的，比她大三岁。后来男生从北京跑去山西找她表白，就那样在一起了。

她毕业后直接去了北京找工作，那种什么都不在乎的勇气与死心塌地令我望尘莫及。

我问她：“你幸福吗？”

“还行。”

她那会儿正在洗碗，我站在她身边玩。

“还行。”她又说了一遍。

这个问题我问了她好几遍，她性子大大咧咧，活泼开朗，有一种要人命的乐观。我过得不太好时给她打电话都会哭得没个人样，哭完了把眼泪擦干又满血复活。

在北京这几天，他们俩带我走街串巷，去后海逛酒吧，吃东来顺的涮串，转景山公园，逛故宫。但她严令禁止我吃辣椒，还一本正经地说道："要不然你回去胃闹毛病我们没法向阿姨交代。"

我只好眼睁睁看着他们俩碗里的辣椒油，咬牙切齿且硬生生地把口水给忍了。

一月一号那天，我们仨去爬居庸关。

爬长城的一路上我都在轻唱："长亭外，古道边，芳草碧连天。"

唱来唱去都是这一句，他们俩鄙视我，一脸痛苦得受不了的模样："李春雨同志，咱能换一首不？"

我当即唱起了下一句："晚风拂柳笛声残，夕阳山外山。"

从长城回去后我和在北京的另一个朋友吃了顿饭。

朋友这两年混得不错，为人处事已然和刚毕业那会儿不一样了。我问他在北京压力大不大，他笑着说："没压力，等娶了媳妇可能就有了。"

他和死党都属于特别开朗的人，那种积极向上、阳光肆意的样子惹我羡慕。高中那会儿我们玩得比较好，没有想到后来他们都跑北京去了。

他们点了一桌菜，我吃着烤鸭，喝了一口饮料，看着身边这三个怀揣着梦想的人，我问："为什么你们都要来北京？"

死党对象笑道："被逼的。"

他们都知道我这两年过得很烂，一身的病，抑郁症都被整出来了。吃饭时他们仨苦口婆心地教育我："你这是严重缺乏自信，先迈出第一步。"

"你现在要做的第一件事就是晚上十点前睡觉。"朋友说，"做到再说。"

随后，他们仨一起举杯为我祝福，在二〇一八年第一天的夜晚。

散场时，我们往地铁方向走，朋友和我走在前头。

他看着北京城的车水马龙，理了一下外套衣领，对我说："当年来北京，我爸就对我说了一句话'别想着天上掉馅饼'。"

我看了他一眼。

"你为什么来北京？"我想要一个更直接的答案。

他在天津读的大学，实习时第一份简历投到了北京，提起未来，他说他想去搞金融，北京城市大机会多，有很多优秀上进的人，可以学到很多东西，日子也会很有意思。

"该吃吃该喝喝。"他笑了，"这个很重要。"

艰

难

二〇一八年五月三十一日

去年冬天我花了两块钱在网易云下载了一首歌，它陪我度过了那段漫长的艰难岁月。

今晚忽然有些难过，欲望和感慨接踵而来。

晚上和同事聊天，她说我虽是一个悲观的人，却罕见地有点儿向上。谈到爱情，她说我适合找个特别阳光，会玩，生活态度乐观得要命的人。

我当时笑着说那应该很难。

这些日子忙得要命，精力总是特别差。晚上熬几个小时写不了几百字，白天不停地打盹却只能逼着自己清醒。

很多时候不知道自己哪里出了问题，可依然对生活心存希望。只是不想浪费这个要拼命奋斗的年纪和生命里那稀有的一腔热血。

我喜欢下班吃完饭，一个人躺在单位的院子里，抬头看天，看月亮，看飞机飞过。虽然还有一大堆事等着我去做，可就那么一小会儿便已让我感受到平静和自由。

修改《海棠花下》的人设和大纲也发生在这个时候。

故事里的周逸敏感又柔软，悲观又勇敢。她像那个时候的我，有着痛苦彷徨和一次又一次的失望，却不甘平凡。

我想让故事里的她无论走去何方，只要回头便有人在。

我希望她圆满，拥有孟盛楠不曾有过的青春和我可遇不可求的梦想。我希望她在经历风雨的人生路上“一直有人等，永远有人爱”。

这句话是这个故事的主题。

前两天一个读者给我发来一篇书评，有关柴静的。她的书我一直走哪儿带哪儿，今天重新翻起，看到书里有这样一段话——

“如果我有一个女孩，我宁愿她有敏感的心灵，尽管她会感觉到比常人更为尖锐的痛苦，但是她必将拥有明净、坚定的双眼，必将从某处获得永恒的安慰。”

芒种篇

夏日某一天

二〇〇五年我在做什么呢？

好像十一二岁的我在读初一，坐在一个连七八线都算不上的小城教室里。

全班七八十人，我个子很矮总是稳坐第一排，充满不知道天高地厚的天真与傻里傻气。

那时候幼稚得不行，以为低头就能看见全世界。

记得那一年老师带我们去看电影，忘记名字叫什么了，讲的大概是一个女人嫌弃丈夫太穷，抛夫弃子跟着喜欢的男人远走他乡，儿子想念妈妈，就和爸爸一起去广东找人。

父子俩风里雨里卖盒饭挣钱，儿子每天都往存钱罐里丢硬币，说是存满了妈妈就会跟他们回家了。

影片开始的时候，幕布上写：请自备纸巾。

我们好几个班的学生都坐在电影院里看，当时一个个十来岁，都哭得稀里哗啦眼泪直往下掉。

最后那个绿皮火车的镜头，父子俩心灰意冷地回老家，等他们从车厢下来时，刚好看见隔壁车厢正在下车的年轻女人。

故事的背后意味着什么我不知道，或许是更广阔的天地。

那一年，世界距离我还很遥远。

昨天突然想起了一个许久不曾记起的人。

那时他二十出头，高大帅气，染着一头黄发张扬洒脱，活得自由自在，什么都不放在眼里。后来经历了一些事，他开始变得沉稳冷静，所有情绪都隐藏起来。

在他开始埋头努力，重新振作的时候，我在做什么呢？

大概还坐在小城教室里，两只眼睛盯着老师写满一黑板的笔记，然后一边往书上抄一边问同桌：“那个字是什么？”

曾经

高考那一年，考场在花口初中，考完后我卖掉了所有的书，不打算重来了。

对高考的印象，我还停留在多年前的那个清晨，我和朋友六七点就在风水台街游荡，等着早上去网吧查成绩。

后来，我们从风水台街走到大市场，在一个早餐店里遇见了我当时的男朋友。

至今都想不起当时与我同行的朋友是谁，却还记得那天早上一闪而过的念头——一定会在那条街上遇见他。

那时候，我们刚确定关系。彼此相处起来还有些害羞，很少一起同行。他是一个什么样的人，我至今都看不懂。总之为人比较沉默，比一般的少年深沉。

当时的我渴望很多很多的爱，而他选择了前途。这段关系维持了小半年，在二〇一二年十月，我们莫名其妙冷战两周后，他提出分手。

我和他都不是主动低头的人，直到两年之后，我们有过一次简单的谈话。

我问他："那时候你为什么要分手？"

有些奇怪，女生似乎都喜欢问男生这个问题。

他静了很久，才低声说：“我们家庭不同，是我配不上你。”

我想破头都没猜到会是这样一个答案。

他曾经后悔，试图挽回。可那时的我太清高自傲，想让他尝尝我的痛苦，并没有答应和好。

很久很久以后，我大学毕业，生病，工作，相亲，谈恋爱。有一天，家人吃饭，聊起“早恋”这个事儿。

我妈忽然说：“你读大学闹分手那年，我给那个男生打过一次电话。”

不知道为什么，我开始难过。

难过那时候我们都太年轻太幼稚，对未来没有想法，不明白什么是爱和付出，迟钝多年才后知后觉。

慢慢的，我才明白。

今年我二十七岁，有一个谈了两年，感情稳定的男朋友。

我们虽然时而吵架，但更多的是相互理解。

我们会一起吃路边摊，看电影，逛书店，开车去距离家两个小时的地方玩一个下午，会送对方礼物，买鲜花和衣服。

我的固执、自私、任性，脾气差，他都知道。

他充满理智，偶尔幼稚。我们在摩擦中慢慢升级了信任，一起度过了很多平淡温暖的日子。

他教会我什么是爱。

生

活

清晨从街道一路走过去，有挂满衣服的小摊；

有拉着一车橘子卖的年轻男人；

有正从纸箱里小心翼翼拿出柿子往外摆的中年女人；

有站在一堆一块一斤的白萝卜面前的年轻女孩；

有推着三轮车吆喝自家红辣椒的老头；

有手里拎着一大布袋花椒四处躲着过路车的六十岁阿姨；

有冒着热气的包子铺；

有铺满核桃、香蕉的水果摊；

有几家支着帐篷堆满泡沫箱的蔬菜铺子；

有在湿漉漉的地面上挑来挑去说着“便宜点”的家庭妇女；

他们都是为了生活拼命努力的普通人。

有多远就走多远

高中时期有一天好友送了一本杂志让我看，名字叫《我们都不是神的孩子》。

现在我已经忘了当时的自己是什么样子了，只能想起那时的自己看得那叫一个热血沸腾，恨不得熬夜到凌晨两三点。

十七八岁还没有什么梦想，每天都坐在小城的教室里奋笔疾书，一抬头就是写满数理化解题答案，让人眼花缭乱的黑板。

封面画着清华北大的测试卷被我撕下来贴在床头，那时候脑子里想的全是考大学，去外面的世界走走。

好友送毕业礼物、写祝福语，我一翻开就看见“博雅塔未名湖”这几个字，又是一阵子意气风发，恨不得一觉醒来我便是那里的一份子。

这些年，时间最不留情面。

临近分别时，电影《那些年我们一起追过的女孩》正火，一堆人在一个阳光充沛的下午，围在教室后面，挤在一起看沈佳宜白衣飘飘地走过。

我除了感叹青春易逝，实在想不出更好的词语。

以前喜欢怀旧，现在依然如此。毕业那一年 MP3 是宝贝，我第一次瞒着我妈攒钱买 MP3，当时拉着初中好友跑去网吧下载音乐，一个人偷偷找地方听吕方唱《朋友别哭》，热泪盈眶。

临近毕业的傍晚，校园广播里放了一首歌。

那天我正在大树下读书，听到广播声便跑去广播下站了很久。可能是将要面临分别，明明期盼着远走他乡，却还是忍不住难过。

那首歌叫《北京东路的日子》。

身边很多朋友毕业后要么北上要么南下，我心里揣着一颗无助的心，不知要去向何方。

我不太喜欢大城市，可大城市会有很多优秀上进的大好青年，他们朝八晚九之后回到公寓，穿着绵柔的短袖，泡一杯咖啡，抱着猫，可以选择看一部要么让人潸然泪下的文艺电影，要么没营养的泡沫剧。

她们也可以谈一个并没有多么高大帅气，但温柔且善解人意的男朋友。他可以没有很多钱，却愿意随时陪你去流浪，从不乱发脾气。

这样说起来，我又很羡慕这样的日子。

我用一生去渴望拥有的自由，可以退一万步给这种生活让路。要找到一个喜欢且互相理解的人是多么难呀。我没有三头六臂，长得也马马虎虎，要多么努力才能让他在千万人里为我回头。

庆幸的是现在一个人，照样也能过下去。

几个月前，我活得很困难，听不进任何人的话，甚至觉得这辈子都要完了。也不知道怎么回事，某一天早晨醒来，我忽然就清醒了。

你看，生活总能让人成长。

从春夏到秋冬，一年四季说短不短，说长也不长。

最喜欢的还是在一个寂寥无人的夜晚，一盏台灯、一本书，我敲着键盘写自己心底的故事。

当我抬起头看窗外，好妹妹乐队唱着：“我说今晚月光这么美，你说是的。”

人生还长，有多远就走多远。

像北岛的诗歌：“多年以后，你要去那边境小镇。那里人迹稀少，悠长的叫卖声走街串巷，不时会有炊烟四起。清晨你走到竹海边，采摘新鲜的蘑菇和晶莹的果子，并去山下集市，买木笔宣纸、瓜果蔬菜，赶上黄昏迢迢，夜色无边。你坐在院子里，时而读书写字，或者烹煮打扫，入梦时你垂垂变老，在梦里你依稀年少。”

生命

几年前看《大太监》，我记住了一句话：人活着最要紧的是痛快。后来遇见事儿都会拿这句自嘲，时间长了会发现所谓的自我安慰只是自欺欺人。

于是便明白了，有些事儿搁别人身上道理一大堆，到了自个儿身上，就跟抹脖子上吊似的一言难尽。

我不是佛祖，渡人渡己的本事学不来。

有一天晚上和外婆聊天，发了神经一样地告诉她："我以后不想结婚，也不要孩子，一个人活到四十八岁就行了。"

外婆说："你跟我说这些干啥，存心让我难受。"

当时她在灯下纳鞋底，一针一线穿上来再穿下去。

想起认识很久的一个博主，因为他，我跑去看了《春光乍泄》。

他是个特别有才华且沉默隐忍的人，七月底看到他发了一篇算是自我告白的文章，那种感觉至今不知怎么描述，就像近几个月的各种负能量报道一样，让人无助、愤怒却又无能为力。

现实很难过，他说缄默即永生。

昨夜死党发微信说，人活着怎么这么辛苦？

可是人只要还活着，什么时候不辛苦呢？事情总是一桩接一桩，好比日夜交替一样没有尽头。

有时候很奇怪，好不容易挨过去所谓的痛苦，可没过多久就又掉回原来的坑。

这就好像是化学反应——2mol 氢气 +1mol 氧气点燃生成 2mol 水之后，某一个时刻水又被电解产生 2mol 氢气 +1mol 氧气——我就是一直在点燃和电解之间风雨飘摇。

大概源于骨子里作孽的矫情。

那天偷懒，我赖在床上睡觉，外婆往床上一坐，自然而然地干起针线活。

我算了算外婆今年七十一岁，便说：“外婆你能活到一百岁，那我就再活三十年好了。”

我曾这样寂寞生活

几年前，一个读者推荐了一个公众号“低处盛开”给我，我就此认识了沈熹微。

昨天去医院做手术，看到她在离世前写的一句话：“把希望寄托于他人，整天患得患失，还怎么能静下心纯粹地去写呢？写作是一种人生，而人生是自己的事。”

曾经做过一个很厚的番外集，这个集子收录了这些年的一些番外、短篇、杂感和日记。这个做番外集的念头是在二〇一七年写“你好哇，池铮”之后生起的。

现在是二〇二〇年，我已经写过很多人的故事，也写过很多的番外剧场，现在把这些握在手里已经是厚厚的一沓了，真不敢相信我能坚持到现在。

我只是喜欢记录真实，很庆幸在这个年纪遇到自己喜欢的事，虽然至今都不确定未来的路是什么样子，虽然还得日复一日地往医院跑，但对生活依旧抱有希望，就是有一天我会很健康。

祝我们一生自由奔放，永远向上。

季夏篇

写作

一直想做个散文家，最开始却是写暗恋小说被大家看见。

很多喜欢写作的读者问我：“春雨，你是怎么开始写小说的？”或者她们会问：“写作有什么方法吗？”

写这本书之前，我买了很多随笔集来看。只是粗略读了几篇，慢慢发现写作是自己的事情。

它需要坚持、耐心、吃苦、平和，有一点不被人理解的孤独，更需要去看看世界。

前两年，断断续续写过两篇情感小说，写得实在不怎么样，看的人特别少，十几万字的小说只有寥寥几个人留言。很多个夜晚我都睡不着，不知道要不要继续写下去，如果还没人看怎么办。

那时候特别在乎这个，可后来有一天，我忽然想通了。

我问了自己一个问题：“放弃写作你会难过吗？”

回答是：“比起坚持写作，哪怕没有人去看所遭受的折磨，放弃写作会让我更痛苦。为什么，还是喜欢写作这个事儿。”

二〇一六年时我经历了一些事情，忽然不再执着追随那一年网络上流行的小说风格，而是埋头写自己的故事。

那一刻我明白了：写小说，要真诚点儿。

二〇一七年，我写了《他笑时风华正茂》。因为这本书，舒远这个名字被很多人知道。

第一笔稿费是一千块，我陪爸妈吃了顿饭，买了一台小打印机，给大弟发了个红包，带小弟去游乐园玩了一天。

那是特别满足的一天。

再后来，迎来二〇一八年。

在写完自己故事的一段时间后，我开始寻找别人的故事，开始攒钱，出去旅行。直到有一天因为身体情况太差，家人不再允许我远行。而那个时候，稿费就是手术费，是救命钱，我很庆幸没有成为爸妈的负担。

写作六七年，依然觉得自己阅历浅薄，眼界空虚，写不出让我特别满意的小说。对我而言，写出好作品还要走一段长长的路。

今年的愿望：写一本如《春山》一样好玩的书。

此时

现在是二〇二一年五月十八日深夜十一点，我有点困，手里的稿子还没写完。

西安的夜晚格外宁静，只有房间里的时钟在滴答滴答。

我戴着耳机听《Wild Sea》，想去爬雪山。

近来很忙，满满当当的工作，有时候活得不像个人。每天六点起床赶路，晚上下班骑车半个小时到地铁站，回到家已是八点。再陪爸妈说一会儿话，回房写字已是十点。

有读者好奇我一边工作一边写小说，哪里来的时间。这么说吧，所有为了热爱付出的时间都是挤出来的。

中午两个半小时休息时间，我一般写作两小时，休息二十分钟。大概每天如此，直到一篇小说完成。

最近开始减肥，按标准吃营养餐，顺带拔罐。

我记起读大学的时候，有一次脚伤犯了，去了一家药店。当时有个坐诊的中医给我把脉，说："你身体有点问题，还有湿气太重，必须喝半年中药调理，不然就晚了。"

那时候觉得那个中医只是想骗我多花钱，并且中药太贵了，所以我听后就忘，完全没当回事。

时间就那么过去了。大概过了一年，我生了一场把我推入深渊的重病，以至于到现在，一晃四五年过去了，我每个月还要去医院报到。

现在回想起那个中医的话，只觉得悔不当初。

可世上是没有后悔药的。

有点忧伤，睡觉去了。

时时刻刻

重新看《时时刻刻》这部电影，我还是会难过。

这两年特别喜欢读弗吉尼亚·伍尔夫的作品，还有她的传记。因此找了很多有关她的资料，得知她有长达几十年的精神病史，却依然与病魔对抗，坚持写作。

或许和她的经历太类似，这些年我患病后崩溃过几次，却还是因为一点念想而选择好好生活。

虽然漫长的痛苦总让人煎熬，但痛苦过后你依然得重拾勇气独自面对生命里的时时刻刻。

失败

年轻时有过很多梦想。

二十岁时以为找到了自己这辈子最喜欢的事情，两三年之后却又将其抛弃，唯恐避之不及。

读大学时许过一个愿望：我想念中国最好大学的研究生，学自己喜欢的专业，读一个双学位，写一本特别满意的畅销书，赚很多钱。

今年二十七岁，有一份很普通的工作，写了几部潦草的小说，身心都不怎么健康，稿费用来治病了，没什么存款。

除此之外，家人关心我，弟弟们都让着我，恋人一直陪着我。你说我失败吗？

从理想上来讲，的确。

从生活上来讲，凑合。

很多时候在想，一辈子很短，有意义也好，没意义也罢，好好活着，做什么都行。

第六篇章

我要去看遍世间万物

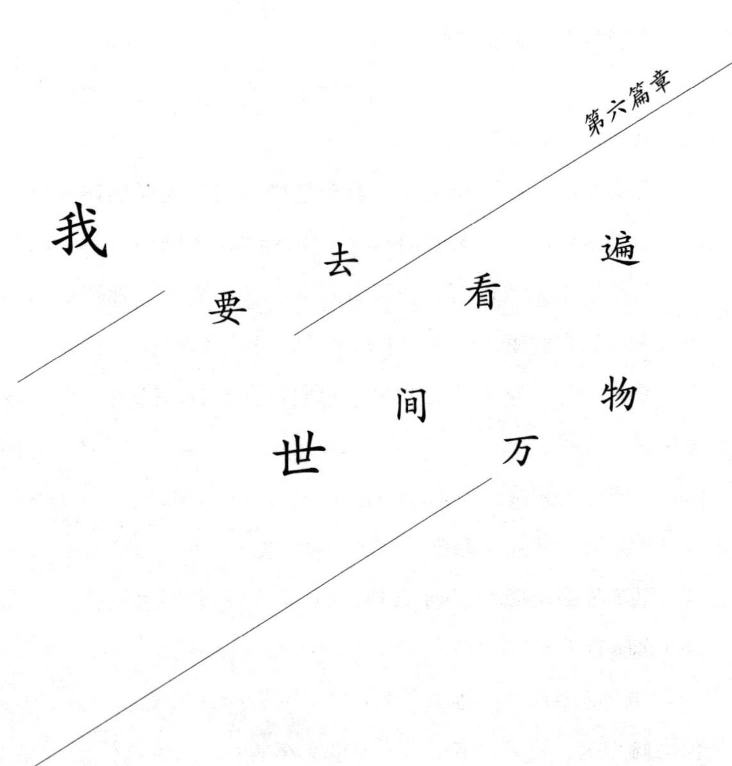

白露篇 新年愿望

这两年一直在准备一件小事。

想开一家淘宝店，名字还没有想好。店里卖什么呢，有书，新的和旧的。还会主推自制日历、明信片、福袋、画框、书签、帆布包、水杯等小物件。不过日历不好做，我需要找一种特别薄且柔和的纸。

前些天和他说起，打算暑假去西安的一些印刷厂跑一趟，还要购买好看的台历架和活页圈。最重要的是日历的设计，要简单、大方、干净。每一页的内容都不多，可以是一张图片、一段文字、一句台词、一些图案，有创意且漂亮。

因为是个体小本经营，大概不包邮。

初期准备的工作很多，时间太少。每天除了上班，挤时间写小说，偶尔偷个懒，就只剩下一点点芝麻大小的时间来做这件事。

从去年思考到今年，试过了一些厂家样本，不是活页圈太大，就是台历架不稳，要么对找的日历纸不满意，或者整体效果一般，有些打击自信了。

再后来，我成了医院的常客，还要熬夜写《西城往事.2》，又遇到装修和结婚，还有疫情，这件事便一直搁置。

有一次问他："你说淘宝店能开起来吗？"

"能啊！"他比我还坚定。

我犹豫了一会儿，说："我不喜欢现在的工作，能辞职吗？"

"能啊！"他依然干脆。

"如果淘宝店做得不好，我又辞职了怎么办？现在疫情还不能松懈，这两年工作也很难找。"

他说："该吃吃该喝喝，最多我们的生活质量下降一点，我还是能养活你的，你吃得那么少。"

"我吃得不少，最好每个月吃两三次火锅，而且女生买衣服很花钱的，还有化妆品。最重要的是我要买很多很多书，很多很多书架，漂亮的台灯和小物件，我也喜欢最近新出的那款手表，有时间还要出去旅行，我想去芬兰和尼泊尔。"

他面无表情："那还是努力开淘宝店吧。"

我："……"

我已经到了要经常去参加婚礼和小孩满月宴的年纪，这段时间以来，马不停蹄地忙碌，周末也要到处跑，往往回到家一身疲惫，脑子也开始生锈。这时候偏偏编辑会发来消息催稿，我恨不得把自己藏起来。

算算时间，自从病了，我断了很多朋友的联系。这两年慢慢开始学会接纳，与曾经的朋友重新接头，她们都等我约时间见面，可我依然很忙。

现在工作稳定，有寒暑假，但我不喜欢。夜深人静时会莫名其妙地掉眼泪，情绪低落，不和人说话，好像患有人际交往障碍症。大多时候我选择独来独往是为了避免交流，有些异类，有些清高，也有些被遗忘和被孤立。

我只和一个很好的朋友说过这些事。

她是我大学最好的室友，总在我孤立无援的时候点醒我，让我有了重新面对生活的勇气。

那天下班回家，我给她发了一条消息。

“靖宜，我在回家的路上。出租车正路过一个森林公园，我看到天很蓝，树很高，很绿，鲜活得让人心情都变好了。窗外的风吹到我的脸上，特别温柔。我好像释怀了。我不喜欢和那些人为伍，那么对我来说独自一人看这美好的世界，不是一件很好的事情吗？我确定，这是很好的事情。”

写完这些话，我眼泪流了下来。

晚上许了一个新年愿望：《有的是时间》写完，我就辞职，开一家喜欢的文创小店，继续去念书和写小说。

书店

很想很想开一家书店，这是我多年的理想。

写作几年，赚了点稿费，做手术花费掉后所剩不多，开书店这个事情大概得好些年才能做，现在没钱。

虽然喜欢书店，却很少去。

或许是写作者的虚荣作祟，如果逛的那家书店没有我的书，会有些汗颜。不过，我偶尔也会在某个书店的犄角旮旯找到自己的书，但我几乎不看，因为实在羞耻。

写《西城往事.2》时，我给故事里的陈迦南开了一家书店。

那是我喜欢的样子，小小的，方方的，大概五十平方米，有舒适的桌椅，灯光温暖明亮。刚进门的正中间有个小高桌放着今日推荐。每一本都是店长亲自挑过的书。

书店安静，沉默，礼貌，平和，可以免费待一整天，如果读者离开时带一本书，那自然是最好的了。

写这段的时候，天色已经很晚了。

我偏头看了他一眼，他在看手机评测视频，刚好抬眼和我对视，笑着说："你大概这辈子都不会看这种。"

我："……"

"很有意思吗？"我问。

他：“我觉得还行。”

我默默地回头，继续敲字。窗外隐隐约约传来汽车的鸣笛声，西安的夜晚燥热也安静。

现在是深夜十一点四十分，房间里亮着台灯，他在看手机。

我想开窗，让风吹进来。

最近弟弟在强推《觉醒年代》，他让我看，我犹豫迟疑了很久，本以为看不下去，没想到点开后便一发不可收拾。

从蔡元培的“程门立雪”“三顾茅庐”，到陈独秀敞开屋门，生炉煮茶，静候蔡公。

那天雪下得那样大，我却看到了他们广阔的胸怀和对未来的无限热情。

喜欢李大钊、辜鸿铭，还有延年和乔年的赤诚。

我从他们身上看到了信仰和纯粹的力量，好像找到了一直以来想要寻找的答案。不管前路多艰险迷茫，他们都坚定地走向了未来。

即使当时的他们并不知道革命之路是否会成功，但是他们满怀希望。

一个读者曾经私信我：“春雨，我一直找不到工作，快撑不住了。”

一般这种问题，我往往会回复“别着急，慢慢找”。但我知道寻找过程的艰难和痛苦。一个人在持续低落的情况下，每一分钟对她而言都是煎熬。

于是我回复道：“有的人很快找到了工作，但不一定喜欢。有的人五年才找到合适的工作。我们得有自己的节奏，调整好呼吸，慢慢来。一天，一周，一个月，找大半年又怎样呢？”

我曾经特别害怕小说没人看，书没人买。有一段时间在连续写完两本小说后，一点动静都没有，我还为此沮丧过。

后来有一天，忽然明朗。既然写作的初衷是热爱，那是否出版又有何干系。只要一直在写，该来的总会来。

大概半年后，《西城往事》和《就当他没来过》都签了出版合同。

我认识一个很著名的翻译家，读过她的一篇文章。她的书翻译得很好，讽刺的是，她自己写的父亲自传却很少有人愿意出版。

原来即便是这样著名的翻译家要出版自己的散文集也会碰壁。此时此刻，很感激我的编辑愿意出版这本《有的是时间》。

几年前因为一篇暗恋的故事发迹，只是很少有人知道，这故事写了半年之后，才有编辑愿意出版。

其间经历过十几个编辑，有的询问过后便不再回信，有的甚至以不符合市场为由直接拒绝。

当时我病情不稳，学业停滞，正是人生低谷。

《他笑时风华正茂》的编辑给的审稿时间大概两周，我打算破罐子破摔，便对爸妈说：“给我一个月时间修改，如果没有过审，我就再也不写了。”

后来，那成为我的第一本出版作品。

时常觉得命运坎坷，病痛缠身，却也会在一个平静的早晨，看着窗外的树，写着小说，感激命运给予我写作的力量。

生命是永恒的，想起王朔在《知道分子》里的一句话：“小时候，五十年是个很大的数字，遥远得无从想象。我曾经以为日子是过不完的，未来是完全不一样的。现在，我就待在我自己的未来。我没发现自己有什么真正的变化，我的梦想还像小时候一样遥远，唯一不同的是我已经不打算实现它了。”

一个写作练习者

小时候妈妈做教师，收上来很多学生的课外书，都被我看了。后来读初中，那两年流行借书卡，花口初中对面有一家书店，借一天一毛钱。再后来读高中，看书的时间和零花钱都很少，只能每周六会去新华书店看一早上的书。

高考前几天，我仍然偷偷埋在被窝里，打着手电筒，看完了霍达的《穆斯林的葬礼》。当时还打算将这本最爱的书送给一个重要的人，被死党拦下，批斗我："你脑子好没？这书名合适吗？"

十几岁的时候写诗歌、小品和伤感文学；二十岁开始模仿市场上流行的青春小说，怎么都不对味儿；二十一岁找到了喜欢做的事情；二十二岁毫不犹豫放弃学校给的新闻系研究生名额，毅然决然地选择继续考研。那一年有了更多自己的思考，心智也渐渐成熟，写作忽然就开窍了，于是开始写自己。

《给青年作家的信》里有一句话："只要保持真诚，你最好的作品就会出现。"

二十二岁，开始买大量的书阅读。

从毕淑敏的《蓝色天堂》开始，一直到现在。五年过去了，我现在二十七岁，每个月总会单独拿出几百块去买书。我喜欢孤独，也喜欢一个人阅读，读书让我清醒。

大四的一天，我和内蒙古的室友坐公交车去火车站。

那时已经是练习写作一年有余，我问她："靖宜，你说我什么时候才能写出好作品呢？"

她看着我说："你有没有发现你有点急于求成？"

有一次读余华的作品，《温暖和百感交集的旅程》。

他说："在一部五百页以上的长篇小说里，结构不应该是清晰可见的，它应该是时隐时现，它应该在叙述者训练有素的内心里，而不应该在急功近利的笔端。"

这些年，写作让我找到平静。

一个人只有在保持平和状态时，才能写出安静的文字。那些心里的浮躁和不安才能落到地上，变成泡沫，不见了。

我是一个永远的写作练习者。

盛秋篇

一个平静的夏天傍晚

二〇二一年六月八日

昨天请假两周去医院，做第三个疗程的治疗。

今天一大早就收拾了行李箱，装了几身换洗衣服、几本书和一个笔记本，这些都是要搬到外婆家去的。

治疗这两周，我需要妈妈照顾。但是今天收到一个好消息，医生换了新的治疗方案，会更简单有效，而且缩短了治疗时间。

最开始需要打麻药，做准备工作前，我躺在手术台上，听见助理问："要打第二剂麻药吗？"

医生看了我一眼，说："不打了，这姑娘能忍。"

一起奋战了两年，她了解我。

我曾经明确提过治疗方案要如何更快更好，再疼也能承受。她当时牵强地笑了笑。

后来听见她在我耳边说："打了效果不好，快好了。"

我闭着眼睛，感受着针扎进皮肤的灼痛，咬着牙轻轻“嗯”了一声，然后静静地等着时间过去，等我弟开车来医院接我。

现在的我坐在房间的书桌前，慢慢回想这些细节。

此刻平和安宁，风扇呼呼吹着，我一个人静静地待着，看着窗外，忽然觉得，窗外的傍晚，真好看。

小时候

爸妈对我期待很高，从小就是。

不知道别人家的小孩什么样子，我从小就很期待我爸的认可。大概是有点迟钝不开窍，读中学后成绩一直是处于中游，上课时喜欢胡思乱想编故事，后来也只考了个普通本科。

刚上大一，爸妈说要我为考研开始做准备，我没当回事，玩了一年，英语四级裸考差了一分，不敢回家。大二开始收心，一次性过了四六级，走上考证之路。

有那么两年，家里气氛凝重，我总喘不过气来，觉得自己特别没用，得不到我爸的认可。因为那点执念，我拼命考研究生。再到后来生病几年，爸妈无奈地叹气："不考了，再也不考了。"

写《他在海棠花下》时，我很痛苦。

渴望的父母关怀被我写进了书里，借着周逸的父亲说了出来。那句话是："我发现我女儿这两年，好像都没开心过。"

写完就哭了。

考学压力很大，最难挨的那两年，多希望我爸对我说一句："考不考得上都没关系，还有老爸养你。"这样我就什么都不怕了，好像会凭空多出很大的勇气去面对未知的一切，哪怕失败。

但我的父亲不是这样的性格，他沉默，眼神里却总含有期待，期待我有点儿成就。而那点期待，却让平庸的我感到刺痛，且心怀愧疚。

小时候想做一个警察，后来读大学，想做记者。再后来，见识到现实的残酷，只好为了眼前暂时的安稳去讨口饭吃。在这个所有人都浮躁着追赶着往前走的时代，我已经落后，渐渐跟不上社会的脚步。

二〇一八年，因为一点社会关系，我获得了一份普通的工作，挣着普通的工资，与这个世界上的大多数人一样，每天朝八晚六地活着。

有时候会在饭桌上被我妈教育："你要珍惜现在的工作，现在的生活。"

偶尔也有想要反抗的时候。

比如看《觉醒年代》，延年和乔年为了未知的未来，依然坚定前行并且奉献自己生命的时候，我们又有什么理由去害怕现在呢？

又是平淡的一天

1.

今天一个人度过，睡了一天，过得很颓，但是特别平静。

傍晚醒来，睁眼看了窗外很久，想做好多事。

想辞职，想有很多存款，想写好玩的小说和散文，想出门旅行。

2.

说起旅行，前两天，大弟要回北京，他签了很好的工作，准备开启新征程。

那个晚上，我们说了很久的话，等要睡觉时已是凌晨两点。

我想起还有几天假期，忽然想去旅行。

3.

我连夜查机票，给机场打电话，询问是否需要核酸检测才能降落。在携程看了半个小时，决定去桂林。早上七点半的票，机票特别便宜，一百八十块。

我那会儿太困了，定了两个四点五十分的闹钟，打算睡醒再买票。结果一觉醒来，已经六点半。

泡汤。

4.

要不是睡过头，我现在已经在桂林了。

5.

这个傍晚可能很特别。

有人在工作，有人在毕业，有人在签售，有人在旅行，有人在受挫，有人在难过，有人在恋爱，有人在分开。

有人睡了整整一天，做了很多梦。

6.

周末加班，可咸阳下大雨。今天不回家了，晚上住单位。

一个人出去采购生活用品，买了一身睡衣、湿面巾，吃了火锅粉。后来逛超市买了橙子、酸奶、一瓶可乐和一瓶北冰洋，大概十二颗草莓、西红柿，还有娃哈哈 AD 钙奶，总共花了六十三块五毛。

东西太重，拎到半路，脚崴了，我一瘸一拐走回来，走了好远的路。

晚上洗好水果，靠在床头，看了部电影，一边吃水果一边上网，听窗外的雨声，心情平静，忘掉了不开心的大事小事，一夜好眠。

7.

一次偶然，看到汪曾祺的一个观点："我希望青年作家在起步的时候写得新一点、怪一点、朦胧一点、荒诞一点、狂妄一点，不要过早地归于平淡。"

可我好像已经开始喜欢写平淡的语言和故事了。

8.

《有的是时间》这本书，写得很艰难，大概是我写过最艰难的作品了。

可能因为真实，快把自己挖空了。

9.

读高三那年，我不骑车上学了，而是走路去学校。我戴着随身听，一路听着《挥着翅膀的女孩》。

忽然想起很久以前在网上看到的一句话——有时候特别希望现在是一场梦，一觉醒来，我趴在课桌上睡着了，讲台上老师正在讲抛物线和函数 f（x），同桌正在做笔记。

我对她说："我做了一个好长好长的梦。"

10.

新小说已经在准备，这半年好多事，要去联系拍婚纱照，还要搞装修。写作进入瓶颈期，很难理顺。日记已经写了大半年，开始记账攒钱。有时候无所事事，一团糟，但依然期待，期待明年过上自己喜欢的生活。

11.

有一次回家，我爸来单位接我。路上堵车很严重，爸说我们说会儿话。

我们父女之间少有这样的时刻，我很紧张，便问："你和我妈吵过架吗？"

从小到大，我几乎没见过他们吵架，一直很好奇。印象里，他们俩互相扶持走到现在，买了房和车，养大三个儿女。

我爸说：“刚结婚的时候经常吵，差点吵散了，现在想想应该感谢你。那时候突然怀了你，你妈就像变了个人，我们一起也有了奔头，要不然我至少找了个烫卷毛的。搁现在，你妈这人，十吨黄金我都不换。”

12.

每个选择也许都很好，那是你当下权衡利弊做出的最正确的决定。

所以，不要后悔，不要为难自己。

要不慌不忙，允许失败和犯错。

13.

今年遇见了很多很多事，大概是一波未平一波又起的一年。

工作不顺心，准备辞职念书被家人阻拦，还面临结婚，装修房子。

我经常问自己，这样的生活是为了什么。

一份稳定的体制内工作让双方家人都觉得很体面，但我内心深处有一个想要去实现的愿望，即便失败多次也无妨。

可是没人愿意花时间等待我成功。

小时候以为自己什么都能做好，长大后才发现依然有很多超出自身能力以外的事。

这一年，寸步难行。

14.

我最喜欢的三个中国近代作家，路遥、沈从文、余华。

这些年把他们的书都读烂了，近两年格外偏爱余华，出版一本买一本，当天就能读完。

《没有一条道路是重复的》是我在上班的间隙抽空读完的。这本书是二〇〇八年出版，我从二十二岁后才开始大量阅读文学作品，再次读到他这本书已是首次出版十五年后了。

后来我想，之所以如此喜欢他们的作品，大概是因为书里的每一句话都特别真诚。比如读余华的散文集，你会发现书中有很多小事，他其实重复过很多遍。

类似“我做过五年牙医，后来去了文化馆”“牙医工作规矩，为了更自由的生活，要改变命运，我开始写小说”这样的意思，在一本书里出现过不止十次。

这几年写作，我总会不自觉地陷入重复，自此深恶痛绝，却依然被他不断重复的句子所感动，原来伟大的作家也有这些小习惯。

我忽然对自己无比宽容。

最重要的区别便是，我还没有写出伟大的作品。

15.

写这段时，我在听《萱草花》的钢琴曲。在这之前，看了一部电影《坚不可摧》。它讲的是二战期间，一个人只有拥有钢铁般的意志，才能挺过最艰难的时刻。

印象最深的那句台词是“忍一时之痛，就能换来一生辉煌。”

我想这便是电影所要表达的信念吧，关于生存和救赎。像电影里说的那样，只要你有决心，就一定能行，只要你能付出比所有人更多的努力，就可以赢，可以改头换面，按照自己的方式生活。

在男主角经历了海上漂浮四十七天的绝望后，他由日本海军救起并关进战俘营。战争结束后，长期在战俘营遭受虐待的他还面临“创伤后压力症候群”的精神问题。

在种种摧残下他坚强地活了下来，从未屈服，活到了二〇一四年。

他是路易·赞佩里尼。

16.

十月初我搬了一个新地方，会短暂地住一段时间。

我买了很多小物件，地毯、两盏台灯、热水壶，从家里带去了被褥、碗筷、几身换洗衣服、几本书、八十厘米的小桌子、一个很精致的茶杯、一盒面膜和爽肤水，还有日记本，以及四支笔。

经过菜市场我还买了两个水果篮。当然最重要的，还带了笔记本电脑。

17.

我是个写言情小说的，却一直想写一本纪实文学，很想把谓语后面的宾语“言情小说的”变成“言情小说家”。

即使现在被读者和出版方叫一声作家，我也是愧不敢当，甚至羞于面对。

哪怕得到了他们的认可，也未曾得到自己的认可。

至今仍未写出满意的作品，或者说，任重而道远。

18.

又读余华。

每次重读都会让我在书里发现一些很有趣的话，确切地说是共鸣。

上大学前，我喜欢读中国作品和经典名著。写小说之后，随着年龄慢慢增长，知识面拓宽，世界观也变得宽广，我开始读外国小说。

最喜欢的外国作家，一个是毛姆，一个是伍尔夫。我在毛姆的书里看到了理想，在伍尔夫的笔下找到了共鸣。

后来在余华的文字里，我遇见了同样震撼的话。

他说，写作是可以改变一个人的。文学的力量可以软化人的心灵，它使作家变得警觉和伤感，柔弱和犹豫不决，深陷其中的世界，与现实格格不入。

但同时，他有了完全属于自己的理解和判断，心灵越发丰富，智慧茁壮成长，而这种丰富容易受到伤害。

向余华致敬。

独行

有一件事情想做很久了，也曾和恋人提过。

今年想辞掉工作，计划一场为期一年的旅行，关掉手机，去一些地方看看。

从前也出去玩过，但每一次都很匆忙，很少静下来慢慢度过每一天，差不多每天都是走马观花，总觉得少了点什么。

后来细想，我大概是缺少独处思考的时间。

我喜欢安静，喜欢一个人待着，喜欢看书写字无所事事。

一切都很好。

我有一个朋友

七月初工作结束，我约了一个朋友见面。

我们好久没见，最近一次见她是在她的婚礼上。后来我生了一场大病，不联系任何人。

去年她忽然发消息给我，说有时间见一面。

这一耽搁就是半年。

那天中午我和装修的师傅谈事情，傍晚才从咸阳出发回西安。她住雁塔区，距离我一个半小时路程。

我们约在附近一家肯德基。

等了她半个小时左右，我问："过来了吗？"

她很快回我："有个饭局，还在和老板谈项目，马上结束，等我。"

不知道什么时候她已经成为职场上精干利落的女强人，我都快想不起她曾经的样子了。

只记得十年前，我们俩一起读高三，每天一起骑车上下学，去她家的饭馆混吃混喝，做着名牌大学梦。晚自习下课，车链子掉了，我们捯饬着修理弄得满手油，然后一起练习普通话推着走回家。

高中毕业，我们开始各走各的人生路。

她的恋爱故事和我说过，大概是闪恋，闪婚，闪孕。

我当时不太同意，可她认准了。几年后才知道，她离婚了，婆婆重男轻女，丈夫是“妈宝男”，难产那天留她一个人在医院，半年后她带着女儿净身出户。

那晚等到凌晨一点，肯德基打烊她才来。

那片地有点黑，我躲到如家酒店的大厅里等，一边吃着泡面一边和男朋友打电话，又困又饿，给她发消息说如果再过十分钟她不来我就走了。

过了一会儿，她终于到了。

她披着长头发，穿着通勤装，匆忙走进来，一把夺过我手里的泡面，不由分说拉着我就往外走。

“你让我吃完。”我不想浪费。

她直接将泡面盒扔到垃圾桶里，说：“别吃这个了，带你吃好吃的。”

“不吃。”

她一个劲地道歉，说对不起我。

我脾气不好，彻底爆发了，近乎指责地问她：“我忙了一天，跑了大半个西安来找你，从晚上七点到现在，等了你一个晚上。你不停地和我说快了快了，现在都凌晨一点半了，我实在不知道是什么样的工作让一个女孩子陪客户吃饭到现在，你知道我有多担心吗？！”

她看着我，一直说对不起。

忽然有点难过，大半夜地站在马路上抽风，要不是念着这么多年的朋友感情，我早走了。

只记得高一那年，我摔断了腿，是她每天骑着自行车载我去学校。

有这份情谊在，多久我都等。

等到平静了，她拉着我说：“我老板人挺好的，不让我沾酒，部门的人都在，不会有什么事的。”

“那也谈太久了吧。”

她无奈地道：“谁让我们是乙方呢。”

我抿抿嘴：“忽然觉得我的工作还挺好的，下午六点下班，没有饭局，周末双休，有寒暑假，就是工资太低了。”

她笑了笑，说：“走，吃烤肉去。”

那是凌晨两点，餐厅里坐满了人。她点了几个我爱吃的菜，我们从十年前说到了现在。

提起过往，她已风轻云淡：“难产那天他妈还在和我吵架，他向着他妈，转身就走。孩子出生半年，他一次都没出现过，后来我就提了离婚。离婚那天觉得空气都是新鲜的，整个人特别轻松，世界都明亮了。”

“他给抚养费吗？”

“给也不要，我恨不得他从我们的世界消失，别来打扰我和孩子，我不想和他再有任何关系。”

“那他还找过你吗？”我问。

“没有。”

“这两年难熬吗？”

她松了口气，说：“挺好的，现在也有了喜欢的工作。今天这种饭局现象千年一遇，你运气不好。我们老板人特好，是他一直鼓励我，给我指路，才有了现在的我。”

我一听，乐了：“你老板结婚了吗？”

“没，他一九九二年的。”她说，“比我还小一岁，你看看人家，这么年轻就自己开公司，我都这么大了还一无所有。”

“不会的，我等着你开公司。”

她笑：“行啊，到时候来我这儿，给你高薪。”

我笑：“我等着。”

吃完饭回她住的地方，我们一步一步往前走。

凌晨的晚风吹在脸上，清凉又温柔。我看着她的侧脸，那是一张对未来充满无限美好和向往的脸。

马路边有人骑着自行车过去，路灯昏黄的灯光洒落在街角，温暖祥和。

我们慢慢往前走，穿过羊肠小道，说了很多很多话。

第二天睡醒，她已经去上班了。

回去的路上我给她发消息，说：“看到你现在状态这么好，我特别高兴，咱老家见。”

过了半小时，手机响了一声。

她说：“好，一起加油。”

桑落篇 东山岛

出行

每次做手术前，我都要出趟远门。

这半年想去旅行很久了，刚好那天我妹过来玩，她提起自己想休年假，我们俩说了一会儿话后就做了决定。

我们花了一周时间商量去哪儿玩。

东山岛是我在抖音上看到的，航拍很美。想起前些日子偶然看到的一部韩剧《吕静的旅程》，每一集只有十分钟左右，每一分钟都很缓慢，缓慢到你能清晰地看到每一个定格的画面，能让浮躁的心情瞬间平静下来。

我找了攻略，开始订机票。

买了七月三日晚九点半的机票，先飞厦门，第二天再上岛。等航班降落高崎机场已是凌晨一点，一下飞机，扑面而来的空气中有一种潮湿的温热。

我们拿了行李走出机场，拦了出租车就去往住的地方。那是出发前两天在携程订的民宿，一套两层的 loft 公寓，有落地窗，可以看海，价格不贵。

凌晨两点，房东在小区门口等。

我和小妹推着行李箱，和面前的年轻女孩对暗号打招呼。小妹饿了，去旁边的小吃摊买串串，我和女房东聊天。

“真不好意思，飞机晚点，让你等这么久。”我满怀歉意。

“没事，你们来旅游吗？”

我“嗯”了一声，说：“听你的口音，不像是本地人。”

“东北的。”女房东的东北腔调一下子就变明显了，她说，“厦门节奏慢一些，我妈在这儿养老，二〇一九年才过来。”

“那还挺好。”我说。

女房东挺热情，和我说了一些附近好玩的地方，还在微信发了地址和攻略。

小妹买了烤串，我们一起走回公寓。

终于有个可以暂时休息的小窝，我们俩一下子就松了口气，扔了行李，伸个懒腰，往沙发一躺，舒服了两秒钟，然后爬起来吃串。

落地窗很大，房间很温暖。

我问：“美吧？”

小妹：“美。”

“困吗？”

“不困。”

后半夜，我们轮流洗漱，然后悠哉地躺在二层的海景床上，一边吹着空调，一边看明天的行程，你一句我一句，兴奋得睡不着。

“姐，既然来了一趟厦门，玩两天再去？”

“行啊！”

我们躺在床上，说起鼓浪屿和大海，北方人很少见到这样漂亮的海，它给予了普通人实在太多的想象。

第一次见到海是在二〇一五年，我隔着沙滩远远地看了一眼，像王菲唱的《传奇》一样，便再也难以忘记。

我：“幸福吗？”

妹：“幸福。”

那一秒钟，彼此都觉得生活充满期待，前方的路虽然遥远，却也有无数的惊喜在等待。

我们准备出发。

中山街

第二天我们睡到七点自然醒来，站在落地窗前看海，拍照，有阳光落进来，房间里充满微风拂过的温柔。

出租车师傅说：“好玩的都在岛内。”我们第一站就是距离最近的中山街。

厦门空气湿热，阳光很晒，我涂了防晒，戴紧口罩，打着太阳伞，忘了给胳膊和两条腿做防晒，回家后晒得像个非洲人。

但幸好，一张脸保护得不错。

厦门的公交车站和乌鲁木齐一样，有BRT（快速公交），可以一路直行，畅通无阻，还可以隔着玻璃看外面的建筑和大海。

与西安的千年古城不同，厦门的建筑风格有点南洋风情。当夜幕降临，海风吹过这座城市时，海水便洗去了行人一身的疲惫，只留下淡淡的温柔。

公交车坐了一个小时，又累又饿。我们拖着重重的行李箱，走了很远的路，住进中山街的民宿。休息片刻后瞬间满血复活，然后和小妹换了衣服去找好吃的。烈日当头，我们一家店一家店地晃荡，转了无数条街道，淘到了两双拖鞋。

转到傍晚，我们找餐厅吃饭。我对海鲜过敏严重，吃贝类却没一点问题，那两天吃饭，几乎一天三顿都会点一份海蛎煎。

我问老板："蚵仔煎和海蛎煎有什么不一样吗？"

"蚵仔煎就是海蛎煎。"

厦门的男孩子说话会稍微带一点台湾腔，听起来很好玩。很多年前看台剧，总觉得台湾男生说话都特温柔，"哪有哎""你不要这样了啦"等诸如此类，好像都没有脾气，大概这种男生平日里都很疼老婆。

晚上开始四处游荡，我们去了海湾公园。海边坐了很多人，有人低头看手机，有人谈恋爱。我和妹沿着台阶一路踩水，清凉的海水漫过脚踝，远处有微弱的灯光，我全身放松下来。

曾经有过一个念头，去山里住。

西安有座终南山，山里住了不少隐者。他们的生活简单安逸，种种草，浇浇花，再养两条大狗，每天晒晒太阳，偶尔出门旅行，靠手艺赚些钱，山里也用不上，总而言之活得很满足。

有时候我会想，哪天攒够了钱，去山下租一块地，盖一间房子，铺上木地板，刷上温暖的墙漆，设计好看的厨房和客厅，做一整面书架，买上喜欢的桌子、沙发，铺一块软布，每天坐在桌前看书，写小说。写累了，推开窗就是绿意盎然的田野和山坡。

嗐，有点太理想生活了，先存钱吧。

南靖土楼

那天晚上从公园回中山街民宿，经过一个旅行社，一时头脑发热，报了个两日游。

想去看土楼是因为电影《大鱼海棠》。电影的拍摄地是距离南靖土楼二十公里处的永定土楼，但南靖土楼有云水谣，风景或许更甚。土楼建筑基本大同小异，我们便出发去了南靖土楼。

第一次站在“怀远楼”面前时，我好像回到电影场景里。从小就在十八线小城生活的我，了解外面的世界是通过看电视及听长辈讲故事等方式。虽然知道中华有着五千年的传统文化，但只有你亲自感受，才会真正被古人的聪明才智和巧夺天工震撼到。

一个当地人那儿喝茶，我问：“你们在土楼是怎么居住的？一排房子住一家人是吗？”

当地人摇头笑了笑。

“我们是每家竖着住，就是每一层楼同样位置的房间排成一列，算是一户人家。土楼的人都是亲戚，算是一个大家族。”

原来是这样。

想起电影里的故事，我慢慢地看向远处的土楼。游客只能在一楼观赏，楼上至今还住着当地人，不予上楼。上楼者，需要一人缴纳五元。

好不容易来一趟，自然得上去看看。

在三楼看见一个十岁左右的女孩子在卖工艺品，旁边还站了两个四五岁的小男孩，他们一边看摊子一边玩。

那一瞬间，我好像穿过历史，回到几百年前的土楼。

有小孩在楼梯间奔跑，也有小孩趴在窗户上看远方的山，然后等着长辈喊着吃饭，一大家族聚在一起热热闹闹的。

等到了夜里，土楼才会静悄悄的，只有零星的说话声。偶然遇上一场暴雨，吹得窗户哐当响，每家每户门前的灯笼在黑夜里摇曳。

从远处看，当微弱的烛光与黑夜碰撞，给这圆形建筑添了些许神秘和厚重。

我：“给你拍张照吧。”

小妹说好。

鼓浪屿

我在鼓浪屿买了一件古风旗袍纱裙，妹买了一串手链，送了我一对耳环。

订的是当天傍晚去东山岛的车票，我们在鼓浪屿吃了顿饭，逛了两条街和几个景点，然后蹩脚地弹了一会儿钢琴，看了场7D电影，便上船出了岛。

岛上的街巷就像重庆的磁器口，西安的回民街，北京的三里屯，丽江的古城，都大同小异。唯一不同的是鼓浪屿在一座岛上，凭空多了几分浪漫和向往。

那天和恋人打电话，他说：“去一个地方玩不是只有拍照、散步，更重要的是那里的文化。你得去感受，感受这座小岛的风情和历史。”

我五体投地：“大神，请受我一拜。”

开始挣稿费以后，我买了很多书，有一年特别喜欢看游记、散文，看的第一本是毕淑敏的《蓝色天堂》，从此一脚踏进旅行世界。

二〇〇八年，她搭乘邮轮，在海上旅行一周，她细致地观察这个世界以及他人的命运。你从字里行间能读到一种天地之间的广袤，自由和远方的惬意。

那是我第一次领会到散文的美，从此想做个散文家。

东山岛

这是我们最初的目的地，却最晚抵达。

从厦门高铁站到云霄站需要一个小时，再坐一个小时的15路公交车，抵达东山岛已是晚上九点。

公交车开得很快，第一站和第二站之间差不多需要三十分钟，途中经过了很长一段高速公路，路两旁是昏黄的路灯，人烟稀少，偏僻又寂静。那会儿还下起了小雨，有点烟雨蒙蒙的江南味道。

最后一站是东山岛，到站后小妹导航，我们步行五分钟到达民宿。办理好入住，放下行李，就迫不及待去了海边。

走了一段路，饿了，便顺路停在一个夜市。

照旧点了一份海蛎煎、青菜炒鸡蛋、炒扇贝。我们坐在路边摊，看着远处的光，好像闻到了海水的味道。

我说："要不喝点酒？"

小妹同意了，问老板有没有9度（品牌名称），老板笑着摇头。

我说："这是福建，9度陕西才有吧。"

小妹又问："青岛啤酒有吗？"

老板笑眯眯地说："这个有。"

如果在海边有个房子，晚上和朋友一边喝点小酒，一边说一晚上话。可以说人生圆满。

小妹说："生活在这儿真好，节奏又慢，消费不高，还可以天天看到海。"

我笑："吃快一点，看海去。"

那是我第一次靠近海边，听见海浪一次又一次打滚。

海边有很多人，当地的，外地的，大多都是年轻男女，他们三三两两坐在黑夜的沙滩上，平静地感受着翻滚上来的海水。

也有人在岸边放烟花，抬头去看，一束束跟火箭似的，"倏"地蹿上去，绽放在天空之下，海水之上。

我们在海边坐了很久，一会儿看海一会儿看天。晚上的星星特别明亮，海岸上隔了一堵高高的墙，有人在墙上走，远处是灯火通明的船家，像画里一样。

我和小妹就那样抱膝坐着，彼此没有说话，只是静静地看着海水，海水拍打着海滩，然后漫了上来，淹没双脚。偶尔也会有螃蟹被冲上来，有的藏在沙滩下，有的速度飞快地爬走了。

当手表指针到十二点，我们回到住处。第二天，我们租了辆小电驴，一天八十块，可以骑二十四小时。

我们绕东山岛转了一圈，海风吹过头发，吹掉帽子，脸颊拂过丝丝凉意，我看向远方的海，真想在这长住。

我问小妹："这儿的房价你觉得有多贵？"

她算了算，说："一间不错的海景房一晚上得五百块，一户就按六间房算，一天赚三千块，一个月赚九万，一年就是一百零八万，再加上淡季和旺季的影响，怎么着一年也能赚个百八十万。姐，你觉得这房价能低吗？"

我想仰天长叹，但忍住了："吃饭去吧。"

要是天天生活在这儿，看看海，吃吃海鲜，收点房租过日子，那活到五十岁我也情愿。

在餐厅坐了很久，正值中午最热的时段，我们去了附近的风动石看海。

那里的海似乎更纯粹，石头错落有致，海水很蓝，天空很蓝，我们坐在石头上，将脚伸进水里，什么烦恼的事儿都抛到脑后去了。

我们各自打着遮阳伞，戴着口罩和帽子，拍照的时候再拿掉，拍完了又裹上，然后沿着海边走到最深处，晒得如包青天一般黑也不愿离去。

回西安后，我弟问："这么黑怎么拍婚纱照？"

我两眼一黑，忘了这茬。

等到了傍晚，我们绕环岛公路转一圈，然后去苏峰山看夕阳。那是我见过的最长最安静的一条路，一路上人少车更少，两边都是小树林，我和小妹骑着小电驴一路疾驰，像是不经意间跑进了宫崎骏的漫画里，一切都慢了下来，只需要静下心来去听风声。

晚上回城，我们在金銮湾玩水，海水漫过膝盖，一浪拍打着一浪，只觉得脚下的细沙在慢慢深陷。

我和小妹像没长大似的，追着浪潮跑，由着海水溅到身上。跑着跑着，听见身边小孩在笑，我叫小妹："姐跳起来，你拍张照吧。"

手机定格的瞬间，我龇牙咧嘴地笑。落下去的瞬间溅了一身水，裤子湿透，嘴巴也尝到一股子咸味儿。

对一个没怎么见过海的北方人来说，大海便是世界上最好的风景。

在小妹眼里，我像个小孩，总是不听话地往大海深处跑，她一遍又一遍地拦我，直到我被横着走的螃蟹吓得跳脚。

有生之年见到海，我就像一个市井小民，哪里好玩就可以待一天，东瞅瞅西问问，好似回到小时候。

晚上，我们搬去了海景房。

或许不知道下一次看见海会是什么时候，以及我和小妹再次同行又是何年何月，我们咬了咬牙，订了一间顶层的海景房。

木地板、暖白墙、柔和的灯光、大大的阳台与落地窗，我们推开窗就能看到一望无际的大海。

晚上听着海浪的冲击声，我很想入眠，可过了一会儿又强撑着睁开眼，舍不得这么快就度过这个夜晚。

搬去之前，我和之前的房东告别。

那会儿才知道他是来这儿打工的，帮房东看家。一个月六千块，每天就是打扫卫生，接订单，坐在客厅等待房客，喝下午茶，玩手机。

我有些惊讶："还以为你是房东呢。"

他腼腆地笑了笑，摇摇头。

那会儿我们在等车，所以跟他多聊了几句。

我问他多大了，他说二十一岁。一听比我还小，我顿时有了长辈的样子，问："大学毕业了吧？"

他皮肤很白，高高瘦瘦，盘着腿坐在沙发上，偏了偏头说："我以前读的警校，后来身体不好，退了学，就到处走了。"

忽然有些敬意。

"去过很多地方吗？"我问。

"差不多吧，每去一个地方都会待一段时间，打个工，挣点钱，待够了就去下一个地方。"

"你来这儿多久了？"

"四个月吧，算是我待过最久的一个地方。前段时间和房东提过离开，他不同意，想让我再待个半年。等他弄到海景房，让我过去看那边，到时候再说吧。”

“这边房价很贵吗？”

“一般的九千差不多吧。这家房东想再弄一套海景房，已经等了半年了，还不知道能不能弄下来，有时候有钱都弄不到。”

“这地方真挺漂亮。”

“其实你们去玩的那些金銮湾、马銮湾，我都没去过。来这儿几个月，就待民宿了，最多出门吃个饭。”

我很惊讶，他笑了笑：“每次去一个新的地方，都会留一两个景点，等待够了走的时候再去看，我是这样想的。”

“这儿消费低，应该不怎么花钱吧？”

他摊开手，笑了笑：“我一个月七八千，有时候还不够。”

“你怎么花的？！”

他想了想，说：“早餐十来块，午餐吃几个菜，还有下午茶，晚餐会点外卖，十点再点一杯喝的，差不多一天两三百块吧。”

那是挺能吃的。

“喝下午茶，广东人？”

“是，广东的。”他笑。

“距离这儿不远，平时回家吗？”

“很少回去，回去了也是住酒店，家里都被爸妈租出去了，待着也没啥意思，不像个家，就到处跑了。”

我感慨：“像你这么大，活得这么洒脱的不多。”

他脸上的笑意淡了，却依然很平静，不像少年，更像是另一个苍老的灵魂。

他语气平淡：“身体不好，就喜欢清净。你知道我以前混哪儿的吗？就那种很热闹的夜场，玩得很疯，朋友也特别多。有一天忽然就想一个人待着，也不想认识人，于是找一个陌生的地方自己生活，谁也不认识，挺好的。”

我听完，安静了很久。

“你想过下一站去哪儿吗？”

他沉默了一会儿，说：“环境比较恶劣一点的地方吧，挺想去沙漠那边待几个月，打个工。”

我默默听着，然后说道：“先把身体养好。”

和他一直聊到的士车来拉行李，我才告别离开。

去海边的路上，我一直忘不了刚才的对话。

这些年来我经历挫折，陷入人生低谷，却依然被世俗和现实束缚着。想要安稳又想要流浪，到最后哪一样都不会实现，一颗普通的心脏永远在骚动，永远在渴望。

我没有“今朝有酒今朝醉”的豪迈，存款变少就开始恐慌，总是担心明天会怎样，前怕狼后怕虎。

迷三毛的时候，特别羡慕她万水千山走遍，为她的文字和爱情动容。等我开始寻找理想时，第一步就断送在勇气这儿。我开始变得越来越普通，冷淡，不快乐。

朋友问：“要结婚了，请柬司仪都弄好了吗？”

“没有，不重要。”

朋友吃惊：“结婚还不重要？”

“不重要。”

“那什么重要？”

我静了一会儿，说：“我自己。”

小物件

这次旅行一路玩一路买。最早想买一些特产，可我又不想拖太重的行李箱，便一直记挂着。

去土楼和云水谣的大巴上，导游一路热情地讲解，推荐了好几样特产。

我听着觉得都不错，看了小妹一眼。

“你说这些东西好吗？他老说我容易被骗。”

小妹：“忍忍吧。”

最后没忍住，买了氨糖凝露和片仔癀珍珠霜。

小妹：“难怪我哥说你容易被骗。”

我：“……”

我晕车特别厉害，那天擦了两下氨糖凝露立刻好转，又往颈椎和腰椎抹了两下，效果都很不错。福建的片仔癀珍珠霜也不错，擦了两天，下巴上的痘就消失干净了。我不由得感慨，然后推荐给我妹，结果她也买了一盒。

这是我出门旅行第一次买到实用的物件，感谢。

后来逛中山街，买了一个绿色小圆香包。

在云水谣喝了当地人的茶，小妹喜欢红茶，我喜欢乌龙茶，我们买了四包。

傍晚的回程路上，路过一个服务区，只有一个入口和出口。里边七拐八拐，十八道弯一样，全是特产和银器首饰，怎么都走不完。于是我买了两盒咖啡，因为两盒七折。

恍然间明白一件事儿，比如你在旅行中想买什么东西，可当时没买。临到头了，那东西总还会让你碰上，最终回到你手上。

上个月一个堂妹和她男朋友出去玩，捡了很多贝壳。一直以来我都想捡到一个大海螺，每天贴着耳朵听海浪声。

在东山岛，我和小妹捡了一堆贝壳，只有一个小海螺，指甲盖大小。

最后一天回西安，飞机晚点了。

我们在机场逗留了六个小时，在书店看了一会儿书，买了几盒糕点。

我们俩拖着行李箱，拎着两个大袋子，走路都不方便。

他打来电话，和我聊天。

“我还挺希望晚点的，不想走。”

他笑：“不困吗？”

“有点。”

“找个座位，趴一会儿。”他说。

“正找呢，放眼一望都没位子了。”我越说越精神，“上一次坐凌晨的飞机还是四年前去乌鲁木齐。”

他安静地听我唠叨，罢了问：“找到座位了吗？”

“找到了。”我打着哈欠，“不说了，小妹一个人玩手机怪可怜的。”

他笑笑：“那我挂了。”

深夜的机场很安静，很多飞机晚点，大家都在等。

远处的书店还有人在看书，旁边是一架钢琴，一个小男孩在弹曲子，断断续续的，听不出来弹的什么，但感觉不赖。

我坐在那儿，看了很久，才觉得这回是真的要离开了。

漳州

老爸是家里的体育爱好者，经常看中央五台的比赛节目。读大学那几年我为了增进和他的关系，寒暑假总喜欢陪他看球。

这次在福建，我和小妹去了一趟东山岛，回来想起一九八一年中国夺得第三届女排世界杯冠军，当时的训练基地就在漳州。二〇一六年里约奥运会中国女排战胜巴西、荷兰与塞尔维亚后夺冠，举国欢腾。

那个夏天我大学毕业，熬不下去时就会看一看那年女排夺冠的影像视频。看完后，内心总会滋生出一种莫名的力量，推着我咬牙往前走，不说放弃。

后来看一个采访报道，有媒体评价郎平说："女排精神不是赢得冠军，而是有时候知道不会赢，也竭尽全力。一路虽走得摇摇晃晃，但站起来抖抖身上的尘土，依旧眼中坚定。"

过去的已经过去，继续向前看吧。

现在

刚泡了杯红茶，坐在窗前。

窗前放了一张书桌，帘子留了一道缝，然后，我喝了一口茶，开始敲字。

喝茶的时候，像又回到了土楼。

养病的这些天，因为过敏体质不能出门，每天都在小房间里吃饭，看书，写小说。

身体虽然被束缚，但心境宽广，每敲下一个字，都像在草原上奔跑。

昨晚他打来电话，我还在写作。

有个场景一直没写好，总是不能结尾。电话一直通着，我很少说话，他也不挂，也不打扰，只是时不时地逗趣两句。

我得空问他：“你不觉得无聊吗？”

“不会。”

“可总让你一个人说话，有点对不起你。”

他笑着说：“打个比方，你养猫的时候也不能无时无刻撸猫，看着猫在那里玩，就觉得挺好。”

我：“……”

进入黑夜的漫长旅程

我又在听王菲的《暧昧》了。

写《西城往事 .2》结局那天，我正在处于一段长达半月之久的手术期。

手术期不能见光和吹风，我已经习惯漫长的黑暗和拉着窗帘的生活了。

房间里只有一点微弱的光，每天的生活便是睡觉，吃饭。有时候看书都很奢侈，灯光太暗对眼睛不好，我便开始寻找各种兴趣，度过这没有电子媒介的两个星期。

大学时候报过书法班，基础还在，我便开始拾起了书法。墨水和纸张摆在稍微明亮一些的窗台上，一写就是一两个小时，慢慢就平静了。

后来因为工作，学了一年钢琴，偶尔自己小弹一曲，也算打发时间。

我只是不曾想过，这一熬就是三年。

这三年里，我大概动了十几次手术，经历了一百多天的黑暗，才一步步走到现在。

我一点也不坚强，经常一个人在夜里偷偷哭，谁也不知道。

这三年来，一边工作一边养病的日子大都平常普通，渐渐觉得自己碌碌无为，特别平庸，总是胡思乱想。

特别是一个人的晚上，总是会想很多事情，一边想象未来，一边等待健康。

写《西城往事 .2》时，很多话是借着毛毛的嘴说出来的。

她说："你想要过喜欢的生活，就得牺牲安全。"

在我一筹莫展的时候，也会浮躁、不自信、嫉妒，还有坏心眼。在发现自己这种不正确心理后，我花了好几天时间自省。

于是书里有了毛毛说的那段话——

"其实只要前行，你有自己的信仰和目标，就不会害怕失败，不会害怕同类的进步，不会嫉妒，甚至会发自内心地祝福。因为你心里有更崇高的目标，也就不会慌张。而且，总有一天你会到达。"

一件小事

这两年开始看一些山居笔记，也买了很多李娟和顾湘的散文集，做着财富自由去乡下住的美梦。

随着年龄渐长，慢慢地觉得生活大概就是这样，枯燥、无聊、平淡，间歇性没有意义，像一条咸鱼。所以写出来的小说也很平淡，大都是些生活现场。

最近两周一直失眠，在床上翻来覆去睡不着时，干脆找了部电影来看。

两年前买过一本书《一个叫欧维的男人决定去死》，直到昨天夜里才看到这部电影。

影片里，欧维那么努力地生活着，可这个世界待他却不好。他幼年丧母，少年丧父，中年丧子，老年丧妻。妻子走后，他每天都活在回忆里，他太孤独了。

房间里太热，我一边吃冰激凌一边哭，哭了一晚上，借此发泄心中的不快。

夜晚的时候最孤独，有一次和朋友聊天，说起心里的郁结。

朋友说：“人太重感情不好，容易受伤。你看善良的人都容易变成精神病人，太过正直也太敏感。”

我说：“那还是冷漠一点好了，至少不会伤心。”

朋友道：“世界大了去了，总会遇见各种各样的人。别想着交朋友，把他们都当成普通人看待，也就无所谓了。”

恋人也会时而开解，我自己却走不出来。

有时候好不容易消化了那些难过的往事，某一天突然又遇到一件，连带着以前的伤心事都会给勾出来，怎么都过不去。

看了半本《托尔斯泰最后的日记》，日记里只是记录着作者每天平常的小事和心情。

我也开始记录，记录平静。

去年元旦清晨，我和弟弟聊起，有一个人在山里生活了七年，种树浇花，不用和人打交道，没有烦恼和着急的事，自由简单，安静祥和。

爸当时在开车，他听到后说：“我发现你一直都在试图逃避生活，而不是热情地拥抱生活。”

说得很真实。

后来，恋人开车送我回西安，路上和他提起这件小事。

我说：“我可能错了，好像确实有逃避生活的迹象。”

他把着方向盘，看向我：“你不是在逃避生活。”

我：“那是什么？”

他说：“你只是不能让他们相信你一个人也可以过得很好的样子。”

至今我还没有学会平和。

乌鲁木齐

这座城市我去过两次。

第一次是陪外婆外公过年。小舅一家去了国外玩，不想老人寂寞，就叫了我去。

那是我最难熬的一年，正处在人生低谷。在乌鲁木齐待的那两个月，是我最痛苦、也最幸福的日子。陪伴我的是外婆外公，还有一只叫灰灰的猫。

在外婆房间里，我写完了《他笑时风华正茂》。

只记得乌鲁木齐的冬天很冷，大雪很厚，房间里很暖和。外婆坐在床上绣花，外公端着水果给我吃，然后坐在椅子上，静静地睡着了，灰灰趴在他脚边。

我每天最安静的日子都在外婆的房间里度过。晚上有时候哭得睡不着，外婆给我唱小调，讲她小时候的事儿，听着听着我就睡着了。

年初一过，小舅一家回来了。

他岳父以前做过副县长，后来从商做房地产盖医院，是一个严肃又受人尊重的老人。老人年纪大了患有帕金森，但他每天都很忙碌，停不下来。

他们一家人很善良，待人宽厚。我却像一个不小心闯入的外来人，总觉得自己格格不入。

那时候我全身都写着失败，在那样成功的家族面前有些抬不起头，只觉得自卑，导致吃饭也吃得很少。

我每天打扫卫生、晾衣服，抢着干活洗碗，好像这样就会获得别人的尊重。可那种寄人篱下的感觉一直没有消失过，只觉得自己失败，日子更难熬了。

有一件屈辱的事我记了很久。

当时在电梯里，旁边还有别人，小舅略有些倨傲地问我："今年研究生考试成绩出来了，你考了多少？"

生病半年，我只是浅浅地参加了一下，没指望自己有什么好成绩。

小舅不肯罢休，又道："你别以为不说话我就查不出来，我有你的身份证号，刚才查了，你考的分数不高。"

在电梯里说这些，让我觉得很丢脸。

他又说："国家线都没过。"

我没有说话。

想起冬天的时候我胃病严重，去医院做了十天的针灸。是他张罗着，找了朋友每天开车带我和外婆去医院。

我心存感激。

对这座城市的印象，除了外婆和外公给我的关爱，我再也没有一点怀念之处，甚至一度排斥，永远不想再踏入乌鲁木齐的土地，但后来我又去了第二次。

那是个秋天，很美的秋天。

外公住院，小舅要我陪护，因为我没有工作，有的是时间。于是我再次踏上飞机，在医院陪了外公一个月，心甘情愿。

我每天从小舅家出发，坐公交车到医院，陪外公说话、散步、吃饭，看院子里一群男孩打球，直到傍晚，换小舅来，我再坐公交车回去。

有一次我偷偷躲在医院的厕所门口哭，一个维吾尔族大叔看着我，拍了拍胸膛，说别哭，心大点就不难过了。

我去的那年，外公还算健康，只要稍稍调理就有好转。现在他已经去世两年了。

写这一段文字时，我哭了出来。

想起他瘫痪，坐在轮椅上，瘦成皮包骨，手指萎缩，嘴巴歪着，看着手术后近乎毁容的我，他扭曲着满是皱纹的老脸，抿紧嘴唇哭了。

那是我和外公最难忘的一次对视。

外公走的前两天，我请假回去看他，他拉着我的手，叫我的名字。

我说："外公，我明天手术，做完了回来看你。"

我以为他会好起来，两天后我处于消炎期，接到外婆的视频电话，说外公走了，跟睡着了一样，没受罪。

当时我平静地接受了，没有大哭，特别淡漠。

后来在知乎上看到一个帖子："至亲离去的那一瞬间通常不会使人感到悲伤，而真正会让你感到悲痛的是打开冰箱的那半盒牛奶，那窗台上随风摇曳的绿萝，那安静折叠在床上的绒被，还有深夜从洗衣机里传来的阵阵喧哗。"

印象里每次做完手术回家，我都会一个人悄悄地哭，不是因为太疼，而是想外公了。回房间的时候，总觉得他还坐在那儿，坐在轮椅上等我。

外公回西安养病时，在我家待了两年。

外婆和爸妈把他照顾得很好，细心到每天三顿饭过后都会给他刷牙，还会扶着他锻炼。在早晨和傍晚，天还不太热时，我们会推他到楼下乘凉。

我和恋人刚认识不久，有一次回家，我躺在外公身边，他脑梗严重，斜着脑袋看我，慢慢说："别着急结婚，谈上两年。"

"我知道。"

二〇一九年深秋，外公走了，走得静悄悄，像电影《一个叫欧维的男人决定去死》里的"欧维"一样，平静安详得好像睡着了。

我再也不会去乌鲁木齐了。

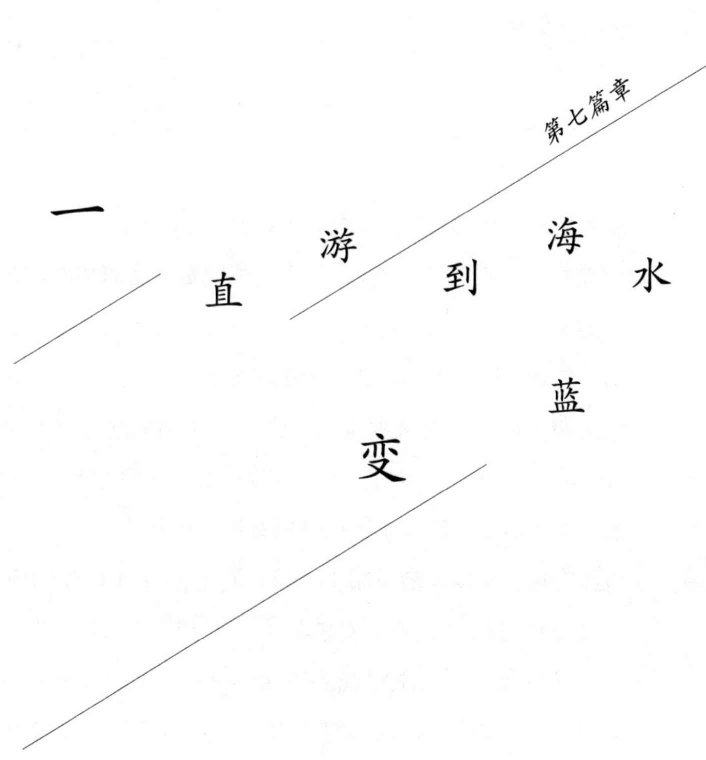

第七篇章

一直游到海水变蓝

孟冬篇 1900

读大学时有个朋友是三毛迷，她买了三毛所有的书，推荐给我看。那两年我专注考四六级和GRE，很少读书。后来考研失败，在书店看到三毛的书。

那一年是二〇一七年，我印象很深刻。

生病和考研失败带来的压力太大，三毛的书就像打开了另外一个世界，我可以放下现实的负累，沉浸在她走遍的万水千山中。

那一年知道了，原来生活也可以有很多选择。

曾经听过一个青年演说家 Jay shetty 一分五十四秒的演讲——

“我见过有的人二十一岁毕业，二十七岁才找到工作。有的人二十五岁才毕业，却马上就找到工作。有的人从来没有读过大学，十八岁就找到了自己热爱的事业。有的人一毕业就找到工作，收入可观，却讨厌自己的工作。有的人在间隔年，找到了人生目标。有的人十六岁就找到了毕生目标，却在二十六岁改变了主意。有的人有孩子却依然单身，有的人结婚，八到十年才有孩子。有的人名义上和爱人在一起，却脚踩两只船。有的人彼此相爱，却不能在一起。所以我觉得，生活中的每件事都遵从我们自己的时间，我们自己的节奏。也许你看着身边的朋友，觉得她们领先于你，也许有些人不如你，但万事的发生自有节奏。他们有自己的节奏，你也一样，耐心一点。二十五岁之后获得学位，依然是一项成就。三十岁没有结婚，但依然快乐。三十五岁以后成家也并非不可能，四十岁买房依然很棒。不要看到别人的成就就自乱阵脚，最重要的是证实这一点。我希望你能为自己创造，有意义、有目的、充实地生活，并且学会怎样影响他人的生活，这才是真正的成功。”

那天等电梯，我和他打电话。

我说："怎么一个人想过自己喜欢的生活就这么艰难？明明很容易，怎么想的怎么去做就行了，可就是做不到。"

他笑了："你好像对生活有什么误解。"

"什么？"

他说："大小姐，你说的那可是生活的最高标准，这世界多少人，有几个过着喜欢的生活？"

"你说得有道理。"

他说："你得找到要做什么，比你明确想怎么做重要得多，想怎么做只是欲望。"

前些年看《海上钢琴师》时，还不太明白1900的选择，一直执着于他为什么不下船。过了很久再看，才发觉我和这个角色像又不像。我们都不喜欢复杂的现实世界，只希望在自己热爱的世界度过一生。

但他不盲目也不慌张，比我勇敢，坚持，克制，活得也更加纯真、坦荡、自由。

我的读者大都年轻，有的还在读书。

她们经历着我曾经的迷茫，不知道未来是什么样子，会对外貌自卑，担心每一次的考试成绩。

今年六月，高考的前两天，有好些小姑娘发私信跟我说："舒远，我担心考不上喜欢的学校。"

我和她们一样，现在已经工作三年的我，在面对未知时，依旧会不知所措。

外婆总告诉我，走到哪儿说哪儿的话。

这句话在《他笑时风华正茂》里写过，希望我们都能活得勇敢洒脱。

像《龙樱》里那句台词——

"人生有很多正确答案，继续读大学是正确答案，不去也是，热衷运动也好，喜欢音乐也好，和朋友一起玩耍也好，为了某个人而绕远路也罢，这些都是正确答案。所以，不要畏惧活着。不管考上还是没考上，都不要否定自己的可能性。你们要挺起胸膛，理直气壮地活着。"

肖申克的救赎

睡不着的时候总会看这部电影。

听着主角Red低声的旁白讲述，我很快就会睡着，没有一次失过手。按道理来说应该做个梦，可我从未梦见过Red和安迪。

过去创建过一个微信公众号，头像就是这部电影的最后一个镜头，Red穿着白衬衫，胳膊上搭着西服外套，朝着安迪一步一步走去。

斯蒂芬·埃德温·金在书里并没有写他们最后的相遇，只是写了Red看到信后，收到二十张新的五十元美金，准备结账离开这家廉价旅馆，去酒吧喝一杯威士忌，一杯给自己，一杯给安迪，再给酒保一元小费，然后买一张车票去艾尔帕索。等到了麦克纳里再想办法跨越美国和墨西哥的边界，作为一个自由人踏上漫长的旅程，想象太平洋和梦中所见一样蔚蓝。

或许是读者对结局改写的呼声太高，导演最后还是拍了海边那一幕。

还记得安迪那封信里说：“Hope is a good thing, maybe the best of things,and no good thing ever dies.(希望是一件好事，也许是人间至善，而美好的事永不消逝。）”

一九七三年，斯蒂芬·金二十七岁，有两个孩子和啤酒肚。他教书打工，生活入不敷出，一家四口住在拖车里。但他还是在坚持写作，一直在投稿。

一九七四年，《魔女嘉莉》出版，他名利双收。在被退稿且不被认可的那二十七年里，他靠着仅有的一点希望才有了后来的辉煌。而电影里，安迪用两把锤子凿穿墙壁重获自由也花了二十七年。

写这篇文字前，我又重新看了这本书，扉页夹了一张纸，是我曾经记录过的句子。

那是哈维尔说的："我们坚持一件事情，并不是因为这样做会有效果，而是坚信，这样做是对的。"

想起恋人讲的一件小事。他有个朋友在乌鲁木齐一个监狱当狱警，工作两周休假五天。他朋友说："现在的监狱特别人性化，除了失去自由，犯人的作息特别规律，可能身体比我还健康。早上吃饭，中午上课学习，下午劳动，还可以看电视。傍晚吃完饭，然后回狱房。然而我们这一生，却都是在追逐自由。"

今年我二十七岁，写了几本书，有了一些读者，距离斯蒂芬·金到达的高度还有很远。这些年尝试过很多风格，也在写作中练习过，迷茫过，追名逐利过，渐渐在病隙中找到自己，开始读《杜甫传》《苏轼传》，看到这些著名诗人坎坷的命运，好像自己经受过的那么点挫折也算不上什么了。

王朔说："我将一路退到自己内心最阴暗的深处，从自我描写开始新的写作。"

现在是深夜九点，我还在写，他打来电话，聊起NBA和姚明退役，说到今年中国篮球都没有打进东京奥运会。

我听得认真，停笔到这儿好了。

最后的访谈

我是通过电影《旅行终点》认识了大卫·福斯特·华莱士这个作家，继而喜欢上他的书，当然最爱的还是他的访谈。

人的骨子里总是有些窥私欲在。

电影里雪很大，他住在偏僻的木房子里，养了一只大狗。

《滚石》杂志的记者来采访的时候，他带着狗在雪地里等。他身材高大，总喜欢在头上戴一块方巾，创作时热爱写繁复的长句子。

那次访谈我看了很多遍，他关于名利、生活、孤独、写作的谈论，印象最深刻的大概是记者与他共鸣落泪的那一个瞬间。

二〇〇八年，他因为抑郁症自杀了。

在《滚石》杂志记者后来的记录里有这样一段话："当我想起这段旅程，我会想起在他车子里，David 和我坐在前车座椅上，我们都是如此年轻。他想要的更甚于他拥有的，而我想要的，恰是他已经拥有的。我们都不知道各自的生活将去往何处。"

写作者大抵都是孤独的。伊壁鸠鲁说智者总是选择容易的生活，而世界上的大多数人都充满欲望。

人是很难理解别人的，包括自己。

朋友考了四次研究生，去年又落榜了。我问他："接下来有什么打算吗？"

他沉默了一会儿，说："先找份工作上班，这两年住家里，我妈压力也大，梦想这条道，一边走着一边看吧。"

半年后，他决定留在乡下务农。

我打趣："给我留意着点啊，看你们村有什么视野宽阔又安静的地方，我过去住住，想写点东西。"

他笑："行啊，等我安顿好了。"

聊了一会儿，我问他："现在乡下的人都往外跑，你这条路一走，就算是安营扎寨了，想好了吗？"他没有正面回答，只是说："我打算买辆摩托车，从村子到家里少说也有四五十公里，方便。"

"骑着摩托车穿过田野，还挺拉风。"

听到他笑，淡然地说："人生没有什么非做不可的事。"

我跟着笑："做不了，就逃跑。"

前些日子从东山岛回来，便有了去乡下住的想法。

一连找了很久，找到一个有山有水，有田野和蓝色天空的地方。从西安出发，坐高铁需要一个小时，到站叫辆三轮车，十五分钟后到达村子。村子里房屋不多，人也住得少，一户和一户之间有百米远。

不过在这一切确定前，我得先去找村长租一块地，租期二十年，再然后就是盖间房子，做个围栏。

今年要结婚，还要跑装修，去乡下住再怎么着也得到明年。但不管怎么说，地方找到了，山清水秀，适合居住，过两天准备去考察一下，因为村里的房子确实便宜。

以上，是我和男朋友说的想法。

他听完，轻声道："你想得有点多。"

我："……"

考城隍

昨夜又失眠，爬起来读书。

无意间翻到《聊斋志异》，第一篇便是《考城隍》，讲的是一个秀才宋焘，梦见自己去考城隍。一同考试的还有一个秀才，长山县张某。

《聊斋》里题目是八个字：“一人二人，有心无心。”

宋焘的答案是：“有一心为善，虽善不赏；无心为恶，虽恶不罚。”

众神传阅，称赞不已，召他上殿，说河南缺一个城隍神，让他去任职。他这才醒悟，却因家里有七十二岁老母，无人奉养，请求送终养老后再上任。众神念他慈孝，特准，先让张某代职，到时接任。宋焘醒来才发现已经睡去三天，想起梦里之事，派人一打听，长山县确实有个张某，这一天刚好死去了。九年后宋母去世，宋焘便去做了城隍神。

这本书是白话讲述，文字通俗，语言简洁，读起来好玩有趣，一看便停不下来。

《聊斋志异》共十六卷，四百九十一篇故事，都是短篇。最长不过三千字，最短才二十字。

蒲松龄在故事里谈狐说鬼，风趣诙谐，写下了人情世态和道德伦常。而他终其一生，怀才不遇，穷困潦倒。

此生所恨无知己，纵不成名未足哀。

聊斋有很多版本，其中《画壁》《陆判》《连城》《花姑子》《王六郎》都是脍炙名篇。

小时候只觉得有趣，长大再读，多了些讽刺和对人性的探索。读完几篇后已是凌晨三点，又多看了一篇《尸变》，结果吓得从床上跳起来，立刻打开大灯，看了四周一眼，才缓缓躺下去，却已不敢再睡了。

想起去年写过一个大纲。

当时计划一百万字，分成各个小短篇，风格不一，可以从现代生活写到远古上神，且每个故事首尾相连，想来也觉得有趣。

可我实在笨拙，思想僵硬脑洞太少，想的总比做的多，便一直拖到现在，从未提笔。

J.G. 巴拉德有句话说：“在我的职业生涯里，我自始至终都是每天写一千字，即便是在宿醉的日子里。如果你想把这当成职业，就要磨炼自己。没有其他办法。”

依然感恩，感恩遇见写作。

长至篇

读书

重读《春山》，王维还是那样好玩。作家的文字也十分有趣，用词干净简洁，读来完全不费功夫。

小时候读他的诗，印象最深还是那几句——“劝君更进一杯酒，西出阳关无故人。”“红豆生南国，春来发几枝。愿君多采撷，此物最相思。”

我后来才知道他把家安置在“辋川别业”，也就是现今的陕西蓝田。

他的诗大多都清冷幽寂，充满禅意，世人喜欢叫他“王摩诘”。年轻时他妻子去世，经历官场沉浮后便在辋川买了一块地，盖了房子。

老了之后，他便在此地隐居，与裴迪饮酒，相知，给佛寺做壁画，不知明天何日，今日何时。

二十出头的年纪，我喜欢读沈从文、余华和三毛。

现在年近三十，时而被一些微小的事务折磨着，开始喜欢读伍尔夫、大卫·华莱士，还有一些伟大作者的传记。

以下两句是我记录的华莱士的访谈。

第一句：“有魔力的小说会给人一种恍然大悟的感觉，让人至少在一段时间内感同身受。”

第二句：“几乎所有人都和我一样，私下里感到恐惧和不足，而这种孤独感和无力感恰恰是我们之间的特殊纽带。”

与大家共勉。

很喜欢读书，有读者曾发私信说：“春雨你看过很多书吗？感觉你知道很多。”

当时有些惭愧。后来为了对得起这句话，我开始持续性买书，一般当天拿到当晚就可以读完。

渐渐养成了很好的阅读习惯，出门必须包里有书。我随身的小包也换成了大帆布包，这样可以装两本。

伍尔夫的读书笔记里有一篇是写如何阅读的，她说：“关于读书，一个人可以对别人提出的唯一指导，就是不必听什么指导，你只要凭自己的天性和头脑得出自己的结论就可以了。”

最初选择书目是看喜好，从喜欢的作家开始读，每周也会逛一些书店，店里总会有一本你感兴趣的书。

喜欢的作家有时候会写一点随笔，里面如果提到了他们自己喜欢的书，我便记录在纸上，然后买来读。读得多了，感受自然就多了。读书重在乐趣，不一定非要读名著，喜欢就好。

写到此处，想起《简爱》。

我在书架上找了半天，把书重新翻开，熟悉的第一句蹦了出来——“那天，再出去散步是不可能了。”

瞬间，仿佛回到了十四岁的暑假。

那天天气很好，我在老家门前，坐在小板凳上，面前是宽阔的马路，我一边晒着太阳一边读《简爱》。

寓言三则

1

周星驰在一九九七版《家有喜事》里有一句台词："这个动作做了两次，会重复自己。"

这句话我记了很久，有时候写小说，总是会刻意检查，尽量不去写重复的片段。

后来写自己的生活，我开始理解这句话。

这本书是一个记录，有关日常，过去，妥协，坚持，读书，孤独，抑郁，工作，情感，逃避，失败，日记，生病，九〇年代，旅行，改变，热爱，选择，随想，写作，还有恋爱。

它是一个记录，对生活。

我想做一个温柔敏感灿烂的人，永远朝前走去。

2

有一年学书法，老师说了一句话："笔尖要直，形要像，速度力量要跟上。"

我在大学学的是楷体，随欧阳询。后来喜欢上启功行书，开始练习。

二〇一九年七月，第一次做手术，一个人要在没有手机和书的黑暗里蛰伏十四天。

为了不让自己浮躁不安，我重新拾起毛笔字。从横竖撇重新练起，在昏暗的窗台上写了很多遍，慢慢地人也就平静了。

有很多爱好是在生病之后发展起来的，一来打发时间，二来调理身心。时间长了，也是很好的事。

3

好像是二〇一七年，我一个人去小寨。那边有座天桥，到了晚上，桥上会出现很多摆小摊卖衣帽首饰的摊贩。

有一个人很特别，他在卖书。附近是大学区，来往的学生不少，停在他面前的人却少之又少。

我有些好奇，走了过去。

“书怎么卖？”我问。

“一本十块。”

地上铺着一块布，布上放着几排书，零散地铺开。他坐在小板凳上，旁边放着一个黑色的旧书包。

我翻了几页，开篇就是自序。

“这都是你自己写的吗？”

他看起来三十五岁左右，瘦瘦的，脸上有长期奔波的疲惫，声音听着不像本地人：“你要是喜欢，我可以便宜点卖给你。”

都是同行，怎么也得支持一下。

写书的人大多都爱听故事，我不着急走，慢慢地蹲下来，多问了一句：“你这样跑一天，生意好吗？”

他笑笑，毫无遮拦地回答：“好的时候十几二十本，不好的时候一本也卖不出去。”

“你经常这样跑吗？”

“差不多吧，走哪儿算哪儿。”

听他的语气似乎并没有对生活妥协，倒是坦坦荡荡一片赤诚。我笑了笑，说自己也是个写小说的。

他有些诧异，随即问了几个文学问题。

“你有喜欢的作家吗？”

“中国的话我喜欢余华，外国就是毛姆。”我说，“你呢？”

“我也喜欢看毛姆的小说。”

多聊了几句，彼此还挺投机，不免多说了一会儿话。

我问他：“这些年一直你这样行走卖书，累吗？”

他想了一会儿，说：“习惯了。”

正逢傍晚，灯光昏黄的天桥上，只很少人来来去去，风吹过来，让人清醒又迷茫，好像是挑开了一个话头，不觉开始互相倾诉衷肠：“可能就是喜欢到处走走停停，为了这个，老婆带着孩子和我分开了，或许觉得我不正常。后来房子和积蓄都给了他们，我就一个人这样满世界跑。挣得不多，但就是喜欢，清贫也没关系。上一站去的是成都，明天就离开西安了。”

“值得吗？”我问。

他说：“梦想总是有得有失。”

我笑：“下一站去哪儿？”

“终南山。”

那是一个隐士喜欢待的地方。

从前不明白，后来才渐渐理解。有些时候，为了心底那些自由的梦想，你或许不会被人理解，可能得经受抽筋扒骨的痛，或许还得与生活决裂，才能走向你想要到达的终点。

或许，在终点才能遇见志同道合的伙伴。

忽然明白他为什么喜欢毛姆，像《月亮和六便士》里的斯特里克兰，他有体面的工作、温柔的妻子和一对可爱儿女，却也不顾劝阻，离家出走，一路奔向梦想和孤独，再也没有回头。

聊了很久后，我和他道别。

走之前买了两本书，他说难得遇见一个能说心里话的人，又送了我三本。

其中一本的扉页上，他写了一句话赠我——

“开池不待月，池成月自来。”

写小说之前

在写《就当他没来过》前，我从来没有尝试过这种关于消防员的题材，总担心会写烂。

《他在海棠花下》当时卖得不好，我便开始写《西城往事》。那是在一种尴尬又焦灼，急于想表达自己的状态时写的，写完半年无人问津，好像一瞬间回到了创作低潮期。

二〇一九年开始频繁出入医院准备各种大小手术，重心都在身体健康上。对写作的执着从年轻时候的“朝闻道，夕死可矣”，慢慢转变为一种轻松的爱好，像空气一般的存在，想写的时候就去写，不想写就养病。

有一天晚上问了自己一个多年前就回答过的问题。

“喜欢写作吗？”

“喜欢。”

“没有人看会放弃吗？”

“不知道。”

第二个问题我不确定自己有没有那个耐心，如果真到了那一天会如何抉择，于是问了自己第三个问题。

“放弃了会痛苦吗？”

“会。”

从那一天起，我改变了自己的心态和面对写作的想法。

现在写作不仅可以在网站发表，还可以挣稿费，以及收获读者的支持，那我还在执着什么，有人看就行。一个作者的写作生命长短不一，只要还在写，总有写好的一天。

确定好题材后，我开始准备资料。

写了几十页的笔记，从每一件消防器材到每一次不同火场的情况救援，需要几辆消防车、现场着火环境以及消防队员的身体情况、消防大队的建筑布局、住宿、二十四小时战备执勤、训练、周末检修和上课。

会搜索一些消防大事件，平日外出时看到一些消防日报也会拍照记录，这些资料大概准备了一两个月，才开始动笔。

写作者总喜欢推陈出新，实际上却很艰难。

在写作《就当他没来过》时，遇见了很多要处理的问题，比如出入火场的战术布置等。为此我特意看了一些救火视频，恶补救援知识，才得到一个勉为其难的答案。

这篇小说写得很顺畅，写完后整个人松了一口气。虽然仍有些不尽人意的地方，却也算交了一份及格的答卷。至少有勇气去尝试了。

在那之后，我又以极其轻松的状态写了《西城往事 . 2》。

我的写作风格一直与流行市场有所偏差，也不曾追随时尚潮流，时而平稳，时而低谷，但还好，写作的愿望一直在。

念念不忘，必有回响。

岁终篇
在西安的夜晚沉默

1.

忽然想起一句话，一个读者在公众号留言——

“不要有控制情绪的想法，知道它来，看着它走。”

2.

最重要的话说三遍：“不要熬夜。”

3.

晚上看了一部电影，二〇〇五年上映的英国电影《傲慢与偏见》，每一个画面都很美。不知道看过多少遍了，治疗烦躁和失眠相当有用。

这些日子懒得和人说话，不想张嘴。

在看电影《Eat pray love》时，发现作者去印度一个道场禅修，胸口挂着一块牌子，写着“静默中”。

我也想试试一个人在家里，几个月不说话，或许一坐就是一天，到了深夜十一二点再爬上床去。

一天，什么都不干，做一个安静的人。

4.

两年前看过一部电视剧，印象最深的是关于友谊和谅解。

一个父亲的一段话：“总有一天，你会明白，什么是择善固而执之，就是遇到问题和考验的时候，不能任由自己心里那个小人作祟，要坚持选择那条，你可能本来不想选择却又恰恰正确的道路。时间久了，你会成为一个了不起的姑娘，你会越来越开朗善良、开明坚定，越往后，你就越不会受到伤害。”

像电影《海王》里湄拉说的那样——

“有时候要做正确的事，即使你痛苦万分。”

5.

小时候学思想品德，书上总教育我们要培养优秀的品质和健全的人格。

比如乐观、勇敢、坚强、善良等。

可长大后的世界鱼龙混杂，不是遇见的每个人都喜欢你，善良的人更容易受到伤害，于是我时常选择冷漠。

有一次听歌，看到一条网易云的留言：“如果你越来越冷漠，你以为你成长了，但其实没有。长大应该是变得温柔，对全世界都温柔。”

6.

重温二〇一九年的札记，找到了两年前的愿望。

“我最理想的生活大概就是去一个一年都在下雨打雷的地方，盖一间小阁楼，门外有河，远处有山。楼下开一个小小的书店，夜里不打烊。今年有一个愿望，二十八岁之前用一年时间出门旅行，与所有人都不联系，一个人待着，一年后再回来。生命里应该有某种时候，每一刻都真真正正属于自己。”

现在是二〇二一年，我二十七岁，打算实现它。

7.

无意间看到一个朋友的堂哥发的朋友圈。

堂哥：“一绺京霾，两心不牵，三杯新酒，四合老院，这点才睡，还得早起。”

大姑回复：“为了前程，四处奔波，各地风景，尽收眼底，视野开阔，令人羡慕，亲人期盼，早日成家。”

8.

害怕一件事的最好办法，就是直面它，做好粉身碎骨的准备，包括失败，然后坦坦荡荡地活着。

我用这个法子治好了焦虑和懒惰。

9.

在网上看到一个小故事，男女朋友闹矛盾不好意思谁先开口的时候，或许可以用到。

故事说，好吧、坏吧、随便吧是三个好朋友。

有一天，随便吧给坏吧打电话，约坏吧出去玩。

坏吧说：“有谁啊？”

随便吧说：“我们和好吧。”

小团圆

在写下这些赤裸文字的时候，有片刻觉得失败。

我不过是芸芸众生中一个普通得有点过头的写作练习者，会出现瓶颈期，会情绪不稳定，会自觉生不逢时。这些年也没有去看过世界，生活也很平常，甚至可以说是平庸。

大学毕业后有一两年没有工作，在家养病。两年里看了很多书，大多时候看随笔集和人物传记，还有一些悬疑小说。

朋友警醒我，说读书就像学习，不能太偏科，否则看问题会变得片面，失去理性思维，适当的时候，可以读一读哲学和心理学。

我记性好，偶尔也不认真，所以读书时看到有趣的思考会记录在笔记本上，力求精准和真实。

卢梭在晚年开始写《忏悔录》，他勇于把自己的缺点和错误，甚至见不得人的事都写出来。或许这才是最赤诚且温暖的文字，它在细微处打动人心。

写《西城往事》时，我曾经借用柏知远教授的人物形象说过一句话——“我不赞同记录不开心的事。”

很多读者都注意到了，我的微博记录大多是一些平和的文字，鲜少有不愉快的事。

写“我喜欢他的 99 件小事”时，我和恋人也吵过架。后来我们定下一个原则：吵架不过夜。当天不管吵得多凶，十二点之前必须解决问题。

重点是：我讨厌冷战。

从前看过那种几乎要把自己掏空给读者看的文章，也看过读完一本书还不知道作者要表达什么主题的小说，但这两篇都是旷世巨著，我只学到了些许皮毛。

写作是一件艰难而漫长的事，读者众口难调，真诚是作者唯一能做好的事。写完之后，剩下的事就与作者无关了，听天由命。

而我要做的，就是忘掉上一个故事，去写新的故事。

一个人的一天

整个七月基本都待在家里，漫无目的。有时候一个人做很多事，有时候什么都不做，混沌一天。

早上一般七点醒来，敷个面膜，开始写作。

写到八点半，点外卖，九点开始吃饭，然后看两集 TVB 的悬疑电视剧，困的话再打个盹儿，睡到十一点，洗把脸继续写作。

坚持到下午两点半，点外卖吃午饭，看两集 TVB 的悬疑电视剧。

到了傍晚，看一会儿书，写两三个小时，然后看电视睡觉。

最后

买了顾湘的几本书，最喜欢《在俄国》和《赵桥村》。

有一天晚上，我听着她的访谈睡觉，她独特的想法总让人从梦中惊醒，想跳起来赞美。

她说："房价不该如此之高，企业不该征用一个人的全部身心，人不需要那么多的钱财，活路应该很多，所以绕路就是一种反抗。"

看到这儿，我卸下了一身疲惫。

"绕路"这个词对我而言特别陌生，我曾经的豪言壮志都是不撞南墙不回头。

看到她八年前辞掉工作，拿着攒下的八万块，去了赵桥村生活，我便开始理解自己。

她说："我始终是一个很想反应我自己内心的人。"

年纪渐大，简单生活就很好了。

《他笑时风华正茂》的广播剧策划发了一首这本小说的原创歌曲过来——《宁愿天天下雨》。

我重复听了几遍，又搁着了。歌挺好听，但不知道为什么要叫这个名字，我也没问。

今天看书，书里提到《小团圆》。

上一次看这篇小说是几年前，一直没有读完，刚才又去书架上找，翻开第一页看到正文，愣了一下。

张爱玲的语言叙述平常，却总挠人心。

她这样写那段等待中的感情："雨声潺潺，像住在溪边。宁愿天天下雨，以为你是因为下雨不来。"

原来典故出在这儿。

读了一篇作家余秀华的访谈以及她写的诗歌，听说她想写一本杂文集，我跑去网上看了一眼，还没有出版。

访谈里问她："成名后有想过离开横店村吗？"

她的回答是："束缚我的是横店村过去的生活。"

这是我和她的不同之处。

如果一个地方让我受了伤，那里还有我不喜欢的人，我就会逃避，远离不喜欢的所有。

看完余秀华的诗，最喜欢两篇《没有好天气的日子》和《一个上午就这样过去了》，平常得像说话般的句子，读起来却意味深长。

我喜欢简洁朴素的小说和诗。

读高中时也写过几首，那时候顾着好玩，没有钻研过，写完就放一旁。上了大学，开始接触小说，看过的文学作品大多千篇一律怎么都不满意，后来干脆自己写，这一写就是五六年。

写作圈里我没什么朋友，独来独往，一个人写，一个人改，慢慢也习惯了寂寞。遇到过不去的坎，会和关系很好的一个网友聊，聊完后大概就知道该怎么与自己和解。

这位大哥给了我很多帮助，他很快就要当村长了。

现在我很少在夜晚写小说，到了九点就开始看电视，或者在窗前坐上一会儿，看看月亮，大多时候都一个人。

男朋友会在周末过来，陪我静静地待两天，然后又剩我一个人，我于是溜进房间，看一下午的书，只喝了一杯茶。

偶然读到北岛的诗，他说："我拿本书，在长椅上晒太阳，心变得软软的，容易流泪，像个多愁善感的老头。"

读完静一会儿，然后睡觉。

《有的是时间》这本书的一半内容是在交稿前一个月写完的，之前总觉得阅历尚浅，写得不够好，迟迟不敢动笔。

编辑问时，我总说快写完了，事实上还差得远。

在我的认知里，得走遍万里山河，看过大江大海，再回到平和的一日三餐里，才能写好这些日常的琐碎的生活小事。

我只是一个普通的写作者，记录一些日常，偶尔灵光一闪，写点有趣的事，关于过去，孤独和迷茫，也有爱好、理想和恋人。

只希望你在看到的时候，心情平静，抬头看一眼窗外，然后觉得，今天也挺好。

第八篇章

藏于江海

这世界那么多人，我遇见你

1.

我们遇见是在二〇一七年三月，那一年我刚毕业，在一家中医院实习。

印象里那个早上下了一场很大的雨，我很早就到了医院。

医院原来建在防空洞里，当时的中药房和中医科是在一起的，黑漆漆一片，白天都得开灯。

我那天着实被他吓了一大跳。

他一个人穿着白大褂，坐在药房里，开了一盏小灯。听见声音的时候，他抬头看了我一眼，我俩都愣住了。

在这昏暗阴森的清晨，真是有些哆嗦。我匆忙移开目光，回了我们科室。

中午去住院部写病历，听到同事议论。

“医院来个新同事，见了吗？”

“中药房的，身高一米八二。你都没瞧见，这几天咱部门这几个小护士拿药多积极呀，恨不得住那儿。”

我低头笑。

算起来我还是第一个见到他的人，也没觉得有多好看，只觉得颧骨有点高。听说是家人安排进来的公子哥，来医院体验人间疾苦。

填完单子，我像往常一样回门诊。

去门诊的那条路逆光，看不清对面的表情，只能大概窥探出一个人影。隐约觉得有人走过来，我往边上靠了靠。再抬起头，就看见他。因为是同事关系，便轻轻点头算是打个招呼。

他看起来挺阳光，大方地对我笑了笑，然后抬步走了。

后来也是天天碰见。

我时常低头走路，很少和他说话。就算偶尔迎面撞上，也是目光躲闪。不过时间长了，倒也会说两句话。

早上去门诊，我会绕道走，他也不往心里放，会主动追上来，打趣一句：“你老躲我干什么？”

偶尔也会在水房碰上，我故意迟疑，假装在旁边的池子洗手。

他打完水会叫我一声，说：“你打水吧，我走了。”

后来他总翘班不来，我去药房便勤了。

药房的朋友说起他也是一堆话，又特别语重心长：“谈男朋友要谨慎，别像这位少爷，仗着家里条件好，吊儿郎当，不好好上班。”

我笑：“他招你惹你了？”

“我是羡慕嫉妒恨，家里有矿潇潇洒洒，这个世界真不公平。你说这个人长得还好，名字也好听，哎，你知道他叫什么吗？”

“不知道。”我摇头。

“李巍然。”

再后来就很少见到他了，听说辞了职，和女朋友出去玩了。

最后一次在医院遇见，是在门诊。老师出诊，我在后面打下手。

他带女朋友过来看，我就站在桌子旁边。全程没有对视，直到诊疗结束。

我正准备走，刚走到门口想起饭票没拿，一回头，愣住。

他靠着门框站在那儿："食堂什么饭，急成这样？"

我笑了笑："你女朋友呢？"

他说："她去洗手间了。"

"哦，那我先走了。"

那天之后，他便再也没来过医院。

我曾经以为这就是结束，也很少想起这个人，慢慢开始相亲。

2.

六月初，我妈报了个一日旅行团，临到了有急事，团费又退不了，恰好那一天我休息，半推半就地上了团。

清晨的大巴车上安静得很，大家都在睡觉。

我找了一个靠后的座位，打开手机听许嵩的歌。肩膀突然被人拍了一下，我回过头去看，李巍然那张有些疲乏又阳光的脸从椅背后探了出来。

许久不见，他那张脸从模糊到清晰，慢慢变得棱角分明。

"你怎么在这儿？"我惊讶道。

他笑了笑："闲来无事，溜达。"

我抬起手指绕了一圈车里的大爷大妈，有些不可思议地看着他："闲来无事也报个年轻人的团啊？"

他一本正经看我："你不也是。"

我："……"

"最近医院不忙了？"他问。

"不是很忙。"

他看了一眼我的耳机，笑着问："听的什么歌？"

"许嵩。"

他眼睛一亮："哟，同道中人。"

我笑了笑。

"我最喜欢他的《燕归巢》。"他说。

读高中的时候，我的闹钟铃声是《素颜》，后来再听，还是最喜欢《燕归巢》。但我只是看着他，他的话我听到了，却没说太多。

他接了一个电话，我们便停止了聊天。

刚到景区，听到他叫了我一声。我不好意思地揉了揉眼睛，从座位上站起来，跟在他后面下了车。

整个旅行团，只有我们俩年龄相仿，于是自然而然走在一起。

山路很长，很深，进山路就走了半个小时。

我一般只是看景，很少说话。彼此沉默了一会儿，他走到我身边，忽然问起："你知道那棵树叫什么吗？"

我："……"

"给你看个好玩的。"他说。

他好像很会哄人开心，嘴巴很溜，估摸着骗过不少女生。要不是第一印象觉得这个人不靠谱，早就被他谈笑风生的样子给骗了魂。

那天我们基本都在看山景，拍照片，和他走在一起有点尴尬，我开始跟着大爷大妈转，听导游讲解，他落在后面懒懒散散的。

中午吃饭，倒是坐在了一起。

我夹菜不行，好几个菜都是他帮的忙，看着他夹菜过来，我愣了半天，不好意思地说了声谢谢。

他罕见地笑了笑，说：“这么客气？”

我抬了抬头：“应该的。”

他笑：“以前你都不怎么和我说话。”

我：“……”

那天下午逛的是个小庙，回到车上大概已是下午三点半。

我们还是坐回原来的位子，等车出发。

我一上车就睡，等车返回后，还是被他叫醒的。

一抬头就是他的脸。

“你好像到了。”他说。

我“啊”了一声，他乐了。

“还在和周公聊天？”

我：“……”

那天或许是整个六月印象最深刻的事了。

说起感觉，有一点，但我不敢。年少的时候谈了一个很会玩的男朋友，被伤得挺深，下意识对这种类型不敢碰触。后来工作忙了，也就忘了。

3.

七月底，我来了例假，疼得死去活来，往肚子上捂个暖水袋坐科室里，恨不得下辈子投胎做个男人。

同事进来，看我一脸惨样：“没事吧孟光？”

“大概快不行了。”

“你去药房，孙姐那儿有止疼药，特别灵。”

我一副蔫样儿，有气无力地过去了。

孙姐这会儿正闲着看手机，好像是在和人聊天，抬头看见我，惊喜了一下，好像欲言又止，给我先吃了止疼药才开口说话。

“好点了吗？”

我点了点头。

孙姐笑了笑，说：“刚才正要找你去呢，你就来了。”

“有事啊？”

“李巍然还记得吗？他说要给你介绍对象，男孩在专科医院上班，我把你微信给他了，你一会儿记得加一下他，他和你说。”

“嗯，好。”

那天又疼又忙又累，下班已经是晚上十点。洗了澡吃了药躺在床上才想起这回事，拿出手机看了一眼，有一个请求好友添加申请。没多想，匆忙间就点了同意，之后也没再管，直接就睡着了。

第二天醒来，有几条微信，他发的。

我歉疚地回了一句：“不好意思，昨晚太困了。”

很少这样和男生聊天，也不是很熟，还有些紧张。回完消息就去上班了，刚到医院就收到他的消息。

“到医院了？我刚起床。”

这说话的感觉……太过自然。

我发了个“嗯”，又回：“您是少爷。”

“少爷也得挣奶粉钱。”

我想了想："你有小孩了？"

他发了个爆炸的小表情。

"坏我名声，要收律师信、警告函。"他说完又发了一句话，"这话谁告诉你的？"

我笑了声："你自己说的，要挣奶粉钱。"

回完这条消息，我就收手机工作了。

微信偶尔会响两声，太忙也就顾不得回复，倒是一直没有提他要介绍的那个男生，只有一句没一句地瞎聊。

那段时间我在准备医师资格考试。

大多时候我有空就去复习，上班也很少看手机，一下班就回家看书，忙得废寝忘食，直到他那天下午忽然打来电话。

看是个陌生号码，我拒接了。

他又打来，电话接通的瞬间，他直接自报家门："是我，李巍然。"

又愣了一下，我才问："啊，有事吗？"

他笑了笑："一会儿见个面吧。"

4.

我原本以为他要安排我和相亲对象见面，可到餐厅的时候，看到只有他一个人，在门口站了一会儿才进去了。

他看到我，立马站了起来。

小半年没见，他的头发剪短了，看起来更利落些。或许是刚从家里来，他穿得很居家，短袖沙滩裤配人字拖，一副不修边幅的样子，倒真是应了孙姐那句："李巍然这小子办事利索，做老公不靠谱。"

他看着我，笑道："想吃什么？"

我在他对面坐下，放下包，到底有些生疏，我不太敢看他的眼睛，只好不好意思地笑了笑，说：“都行，你随便点吧。”

他要了几个菜，然后就开始瞎聊。

从前倒不觉得这个人这么能说，我有些如坐针毡，不时地往门口看，想知道那个相亲对象什么时候来，却又不好开口直接问。

他也不怕尴尬，天南海北地聊，我只能顺着答一句。

过了一会儿，菜上齐了。

他说：“我那朋友临时开会，来不了了，我们先吃吧。”

我：“……”

“你考试准备得怎么样了？”他自然地吃起来。

“还行吧，要记的东西比较多。”

“我舅妈就学的这个，是中医科主任，对这方面特别熟。你要是有什么问题可以问她，我跟她说一声就行。”

“你舅妈叫什么？”

他一说，我突然想起之前老师介绍我去见过的一位主考官，要我提前问问面试的问题，好做复习。

“这还没怎么着呢，家长都见了。”他倏然来了这么一句，“我也省事。”

我当他爱开玩笑，也没想太多。

那天吃了一顿饭，说了两个小时，因为晚上有课，我就提早溜了。之后的一个月一直上班复习，准备考试，算是毕业以来最忙的时候，压力也大。

他经常发消息约我出去吃饭，我打心眼里觉得这个人不太靠谱，都拒绝了。后来有一次，实在不好拒绝，我也就同意了。

去的饭店是他朋友开的，送了很多好酒。

他很能喝，和那几个朋友说说笑笑，时不时也会给我夹点菜，还特地让朋友开了一瓶清酒，一定要我尝尝。

“我不喝酒。”我直接拒绝。

“这是清酒，度数不高。”他软磨硬泡，“真不骗你，你老这样坐着会没意思的，喝几口就行，我担保你肯定喜欢。”

看在他那一桌子朋友的面上，我喝了两杯。

一口下肚，他凑过来低声问：“怎么样？”

我咂咂嘴：“没味道。”

他笑了笑：“赶明儿给你弄瓶有味道的。”

我瞪他：“你自己喝吧。”

“我一个人喝多寂寞啊。”

看他贫嘴，我对他的印象更不好了。

“喝酒很伤身的，别进了医院才后悔。”

他嬉皮笑脸：“你不是医生吗？你给我看。”

“我才懒得管。”

他看着我，笑了。

饭桌上免不了碰杯，我慢慢有点不太舒服，想先走。他的朋友提出去KTV，还挑话非得让他带上我一起。我死活不肯去，他没办法，只好送我回家。

我在车上睡了一会儿，醒来已到家门口。

外面夜正深沉，特别安静。

他停好车，看着我，轻声道：“是哪儿不舒服吗？”

我揉了揉胃部。

他："看你脸色不太好。"

"嗯。"

"要不我们去医院看看？"

"不用。"

我只想赶紧走，随便道了声谢就下车了。等回到房间，从落地窗看过去，他的车还停在那儿。

手机忽然响了一声。

是他发来的，长长一段——

"先跟你道句歉，我不太会追女孩子。一直以来比较爱玩，狐朋狗友多，喝酒饭局都习惯了，也想让你试一试我喜欢的东西，就没有考虑太多你的感受，如果给你造成了困扰，对不起。我只是想追你，你要是不喜欢这些，我可以改。现在我工作稳定，身体良好，有房有车，光棍一个，你要是对我不反感的话，给个机会？"

我看完，深吸一口气。

"道不同不相为谋。"我回。

他不知道因为那顿酒菜，我犯了一个月的反流性胃炎，足足瘦到九十斤。再加上考前集训，每天都很烦躁，他却一直锲而不舍地发消息给我。我很少回复，他却像自说自话一样，也不尴尬。

有一天晚上医院加班，忙完已经十二点了。药房孙姐走得迟，拉着问我了一句："聊得怎么样？"

我笑着摇了摇头。

"女孩子不能太挑，也不能不挑。"

“这哪是我等凡夫俗子能拿捏得住的？”我笑了。

孙姐：“那得看你遇见谁了。”

我脑海中瞬间闪过那个人。

孙姐：“看你最近这么忙还要考试，也别老学习，多出去散散心，对复习有好处，肯定能拔个头筹。”

我“嗯”了一声，笑道：“我挺爱逛公园的。”

孙姐拍拍我的手：“这样也好，多去。”

第二天傍晚我早早地就下了班，沿着医院去集训班上课。路过公园，往里看了一眼，刚进去想溜达一圈，就看到他站在门口。

“一起走走？”他不要脸地看着我。

5.

上集训班的那段时间，我每天傍晚都会去上课，经过公园总会遇见他。一开始还不好意思，可是他一副无所谓的样子，说就当交个朋友。

他死缠烂打地非要带我去逛公园，总能打听到哪里有好玩的地方，慢慢我好像也就习惯他的出现了。

有一次，他说：“今天不逛公园，带你去吃家常菜。”

我笑道：“可以啊。”

他骑着我的小电动车，七拐八拐，带我进了一个小区。

我还开玩笑说：“这么新的小区做家常菜？一般不是那种小院吗？”

他说：“我这个朋友不一样，你见了就知道了。”

我还傻不拉几地跟着点头。

房子在七楼。他一敲，门开了。一个四十来岁的中年女人出现在门口，看了我们一眼，先是愣住，忽地又笑了：“赶紧进来。”

我当时立刻意识到，被骗了。

这女人和他长得挺像，一样的大眼睛、双眼皮，这是他的妈妈。一进门，他爸坐在餐桌旁，笑着和我打招呼。

他介绍我：“孟光。”

这个人也不说前缀，怕我翻脸，却不知这种情况说了反倒多此一举。谁会带个女生回家？任谁一听，都知道是女朋友。

我实在反应不过来他会来这一套，又不好转身就走，尴尬地坐在桌边，不好意思地笑着说：“叔叔阿姨好。”

那顿饭吃得很别扭。

吃完他带我去书房，他妈把他叫了出去。

我站在门口听了几句。

他妈轻责：“怎么来之前也不打声招呼？”

他笑：“孟光是我骗来的，她也没准备。”

“你这个臭小子。”

他低声笑了。

过了一会儿，大家一起喝茶。全程基本都是他在说话，聊起我的资格证考试，说了很多。他妈说有个朋友在我的考区，可以去找熟人安排。

他见我尴尬，说了一会儿话就带我走了。

那个中午真不知道是该气还是该笑，仔细想想，也不是很反感，可以说正处于暧昧期，也就没再说什么。

经历了这件事，他理所当然地把我当女朋友，我也没有再明显地拒绝。

他每天都会来医院找我，陪吃陪玩。

医院慢慢就传开他和我处对象的消息。

那天去药房拿药，刚好遇见一个不同科室的同事，拉着我走到一旁，特别语重心长：“你和李巍然在谈恋爱？”

我：“算是吧。”

“他是个浪子，以前总是换女朋友，一个比一个漂亮，你知道吗？你当心点，要不就先甩了他。”

“也许他现在不一样了。”

“这种男人，江山易改，本性难移。”

我笑：“应该不会。”

“他可能图新鲜，看你乖，追到手腻了肯定会和你分手。”

我：“……”

那一刻，我觉得自己可以让他浪子回头。

6.

第一次吵架是在七夕前。

我们去了上岛吃饭，刚上菜他的手机就响了。

不知道那头是谁，他说话不太耐烦：“你想过来就过来吧，我没空接你。”

不一会儿，来了一个女生。

我一眼就想起来这是当初他陪着去医院的那个女孩子，瘦瘦的，挺漂亮，长头发，是讨人喜欢的类型。

她直接朝我走过来，质问道：“你是？”

我当时心里不太痛快。

“以前的同事。”我说。

说这话的时候，他一直看着我。

那个女生问他：“你不介绍一下我？”

他看着我：“现朋友，前女友。”

我淡定地“嗯”了一声：“你们聊。”

然后拉开凳子就往外走了。

他追出来，一直解释，我都不听，拦了车就走，还拉黑了他所有的联系方式，一周都没理会他。

那一周我上班的状态也不好。

当初劝我分手的同事安慰我说：“之前都提醒过你，他就是一个吊儿郎当的男生，你不听。还好谈的时间不长，别难过，长痛不如短痛。”

我没什么表情，勉强勾了勾嘴角。

“我听说他那个前女友是中医院一位教授的女儿，现在结婚都讲究门当户对，更何况那女生也很漂亮，男的把持不住很正常，这不能怪你。”

气氛一度僵硬，我懒得说话。

“孟光，振作点。”

我：“……”

转机发生在一个星期后，他妈妈加我微信。加了之后，我才反应过来这是他做的，他知道我不好拒绝长辈。

同意添加后，他发来一条微信。

有些似曾相识的长长的一段，我莫名有些想笑，却又觉得轻松。在那个瞬间莫名地意识到，我好像真的动心了，开始因为他牵动大脑神经和心情了。

我又反复看了好几遍。

他解释道："别气了，你听我解释。那个女孩真是前女友，一点关系都没有，只是想看看你的反应。这两个月我一直追你，说是女朋友吧，你从来不联系我，也没什么亲密的行为。说不是吧，饭也吃街也逛，就是想看看你什么态度，真够死皮赖脸了。你那天说我是你以前的同事，我差点心寒得想跳河，你倒还生气跑了。"

这个人真是。

7.

想不通他为什么这么喜欢我，后来在一起时问过，他说："那时候你老躲着我，还那么明显，就觉得这女孩挺有意思的。"

那次吵架过后，我们俩正式恋爱了。

他依旧经常来医院找我一起吃饭，雷打不动。我不喜欢他那些三教九流的朋友，后来他饭局都去得少了。有时候推脱不掉，就带我一块儿去。

那天刚到，他的朋友就开始起哄。

他拉着我的手，笑道："一边去，给我媳妇腾个地儿。"

我羞得掐他。

一个男人直接看着他道："你小子也太重色轻友了吧，谈个恋爱跟转了性一样，以前哪见过你这副模样，要不和孟光唠叨两句从前？"

他直接一脚踹过去："说话注意点啊，别吓着我媳妇。"

一桌人哄笑，开始灌酒。

我在一旁劝他："少喝点。"

他低声道："知道。"

"知道还喝这么多？"

他笑道："我尽量控制。"

"不许骗我。"

他揉了揉我的手："真软。"

我瞪他："流氓。"

他的朋友真的都很能玩，吃过饭就要打牌。我不太会玩，他有事出去接电话，我被拉着坐在了牌桌旁。

等他回来，我已经输光了他给的钱。

一个朋友喊："不能换人啊！"

他看着我，笑道："孟小姐，这次你惹的麻烦可不小。"

玩到最后我才知道，他朋友的规矩是输的一方反败为胜赢个满堂彩才算罢休。

于是，我们俩被扣了好几个小时，最后回去已是凌晨两三点。

回去后我就发烧了，烧了三天。

他每天都会过来，带着他妈熬的粥和菜。

我那会儿身子虚，烧退了精神也提不起来，吃啥吐啥，吐得胃和胆都快出来，瘦了很多，折腾了一个月才见好。

我瞪了他好几天。

"上次喝酒我犯了一个月反流性胃炎，你知道吗李巍然？"

他内疚得不行。

“你那些都是什么朋友啊？！”

“以后不去了，好不好？”他就差开膛切腹捧出一颗真心给我看，“我说真的，再去我就永远追不到你。”

我哼了一声：“看你的表现。”

那时候算是刚确认关系吧，并不完全信任他。

可能有点胆小，怕陷进去。他说不爱就不爱了，可我走不出来。他也能坚持得住，一直陪着我闹，从来没说过伤人的话，也很少再出去找那群狐朋狗友了。

他开始收了心，更多的是专心工作。慢慢我也就放开了，这样一谈，就是半年。

这半年里，他去过我家很多次。

我妈不是很喜欢他，可他会来事儿，老是过来看望我爸妈，还买这买那，先是征服了我小姨，在我小姨的劝说下，我妈也投降了。

有一晚回去，家人都在。

我妈和我商量结婚的事，多聊了几句，想听听我的意见。

这一年我二十五岁，已经到了长辈认为该结婚的年纪。

“你们俩现在感情稳定，可以考虑了。”爸说。

“巍然这孩子挺懂事的，疼你。”妈说。

爸问：“你怎么想？”

“都行。”我说。

“那就找个时间两家人聊聊。”

我“嗯”了一声。

自始至终我都是顺其自然，被大家推着往前走。觉得年纪到了，恋情也合适，该结婚就结婚，一直都是这样想。

8.

第二年春天他就安排了一场求婚。

订婚和结婚的日子是一块儿选的，间隔三个月。我一直都是怎样都行的态度，全是他拿主意，我就只做个新娘，倒也自在。

他请了婚假，我直接辞了职。

结婚那天，他狐朋狗友来了一堆，灌了他很多酒，我怎么都挡不住，只好给他准备醒酒汤。可喝了也不顶事，他一回新房就睡着了。

我艰难地给他脱了衣服，才终于在一旁躺下。

这个安静的夜晚，我想起这一年来和他纠纠缠缠的事，到现在终于结了婚，看到身边这个男人连睡觉都那样好看，偷偷地笑了。

这一笑，就把他闹醒了。

他直接翻身过来，看着我："笑什么？"

我吓了一跳："你什么时候醒的？"

"刚才。"

"我不信，装的吧。"

他低声笑了。

我打了他一下。

"你知道我给你脱衣服有多累吗？！"我控诉。

他握紧我的手，往我跟前蹭。

"干吗不说话？"我问。

他闭着眼睛，轻声道："这样就很好。"

"这样就好啊？"

他蓦地抬头："要不换个动作？"

那双眼睛里盛满了深不可测的欲望，是男人特有的意味。

他的呼吸喷洒在我的鼻尖，轻轻柔柔，只觉得温暖，觉得夜晚不够漫长。

婚礼过后，我们玩了两周。

他总是能找到有趣的玩意儿和好地方，我们一待就是一天，玩得乐不思蜀。

那段时间，大概是婚姻里过得最开心的日子。每天睁开眼，他躺在身边，眼里只有蓝天白云，一年四季。

后来再想起，总觉得难过，难过他的温柔。

9.

很多事都是在婚后发现的。

可能因为他是独生子吧，家庭条件好，有些什么都不在乎的样子，做事情也是随性而为，很少考虑后果，也不用太操心。

我们俩是新婚夫妻，生活常识少，总会因为一些鸡毛蒜皮的小事吵架。

他总是让着我，一直哄我，却哄不好，哄不好就喝酒，弄得胃和肝功能都不好。我就会和他吵架，一吵架就又开始喝酒，就这样进入死循环。

七月底的时候，我一个朋友结婚。

我们出发时已经晚了，再加上堵车，到酒店已经十一点四十分。我不停地看表，心里很着急，他看着却很淡定。

“你开快点。”我催促道。

“不急，赶得上。”

他一副从容的样子，可是时间一点一点推进，我没办法相信他在十二点之前能赶到。可看他那不急不躁的样子，只能期待着真如他所说，十二点之前赶得上。

看到一个车位，我喊："就停那儿。"

他看了一眼，说："前面再看看。"

"那个车位怎么了？"

"不太好停。"

我随意瞥了一眼，又看到一个："那个可以吗？"

他"嗯"了一声，说："前面再看看。"

我看了一下表，已经十一点五十分了。

经过刚才两个空车位，后面转了一圈都满了。我开始憋着气，看他又倒着往回开，有一个车位已经被人停了。

我气不打一处来："让你停这儿你不听，现在好了吧。"

他说："会有的。"

"我知道会有，可现在几点了你知道吗？马上十二点了，婚礼都要开始了，怎么你该急的时候就不知道着急呢？"

我一生气，他就不说话了。

幸好我们在前五分钟赶上宴席，司仪已经在说热场的话，全场的灯光慢慢暗下来，嘈杂起伏的声音也渐渐变小。

我背对着他，不理他。

他将手伸过来，想握住我的手，可我不让。

听见他在身后轻声说："这不是没晚吗？别气了，下次我听你的好不好？"

我还是不想理他。

他又哄了好几遍，我只当没听见。吃饭的时候，桌上的其他人都笑着打招呼，我也随便说两句。他在一旁给我夹菜我也不吃，就默默地喝了很多酒。

婚礼结束，我们走得晚。回去的路上，我开车，也不想说话。

他坐在副驾驶座上，闭眼休息了一会儿，睁开眼说了一句：“停车。”

我偏头看他：“停这儿干吗？”

他指了指路边那个卖小猫的摊子，说：“你不是一直想养一只猫吗，我们去看看？”

我一愣：“你不是对动物毛过敏吗？”

他笑了笑，说：“不怕，你想养我们就养一只。”

我静静地看了他一会儿，卸下一身的烦躁，然后看了一眼路边摊子上笼子里的猫咪，又回过头看这个男人，他一脸真诚。

“算了，我现在不想养。”

他问：“怎么了？”

我：“不养。”

然后就开车回了家。

原本以为这件事就这么结束了。

两天过后，他带回来一只蓝猫。我喜欢得不得了，可第二天他身上就出了红疹，那天下午我就把蓝猫送人了。

他那晚满怀愧疚地做了一大桌子菜。

我看着他，无奈地笑了：“李巍然同志，你赢了。”

婚后的生活倒也算是小磕小碰，会有不愉快的事情发生，总而言之大家都在普普通通生活里体验着，直到我换了一份新工作。

医院里新人不好立足，比较复杂，事情也很多。那段时间他好像能看出来，做什么事都抢着干。

每次下班回家，他已经做好了家务。

我开门进去，厨房里的身影在忙忙碌碌。

他系着围裙在别扭地切菜，明明不熟练，动作笨拙，可是很有耐心。

“今天做的什么啊？”我问。

他转过头：“给你熬汤，下火。”

我笑了。

“你这几天好像下班回来都早，不忙吗？”

“不忙。”他说，“去洗个手，饭菜很快就好。”

我走开后，他接了一个电话。可能是正在切菜，不方便接，就按了免提。那边传来他一个朋友的声音，叫他出去喝酒。

“你这小子一下班就回家，还有兄弟吗？”他朋友说。

他笑了笑：“对不住了。”

“你家孟光给你灌了什么迷魂汤啊？”

他：“等你结婚就知道了。”

“不会是那个吧？”

他直接笑着骂道：“滚！”

“得得得，你到底出不出来？”

他说：“改天吧，她最近状态不好。”

我打开洗手池水龙头的水，看着镜子里的自己。新工作能力不足，头疼烦躁，又不能很好地解决问题，无处琢磨。

洗过手，厨房的警报忽然响了。

我跑出去看，他一头雾水。

“怎么回事？”我问。

“好像是没煤气了。”他检查了一下，说，“我们是去年买的，这会儿应该也用得差不多了。”

“那现在怎么办？”

看着锅里的汤，案板上的酱料，他叹了口气，说：“小区的卡得明天过去买，要不，一会儿去外面吃？”

我皱眉：“这一堆不就浪费了？”

“不怕，明天再给你做。”

我看着他：“家里的水、电什么的到期以前不是都会给你发短信吗？你没收到？”

他犹豫片刻，说：“可能是工作的时候没注意，以为是垃圾短信。”

看着厨房里一团糟，我闭了闭眼。

“你还是别做饭了。”我说。

那天真的是祸不单行，刚收拾好厨房还没歇一会儿，八九点钟就接到医院的电话，被临时喊去加班。我一脸的抗拒和排斥，心里很不爽快，可没办法，还是得去。

凌晨两点我还在科室加班，应付即将到来的检查。

科室只有两个人，一个比一个窝火。手机微信响了好几声，都是他发的消息，我那时一点心情都没有，一条都不想看。

加完班全身酸痛，就趴着睡了一会儿。

迷迷糊糊之间，只觉得身边有个人。我惺忪着睁开眼，看见他就坐在旁边，也不知道什么时候来的。

我慢慢醒来，坐直了。

他揉了揉我的头，说：“醒了？”

科室里只有我们两个人，另一个同事不在。半夜的空气都是安静的，桌子上放着保温盒，他满眼疲惫。

我心一软：“买的什么？”

他笑：“灌汤包，还有小米粥。”

“你都没睡吗？”我问。

“不困。”

我们在静谧的清晨四点半吃了平和的一顿早餐，天空微微亮了，马路上的人慢慢多起来。

10.

那一年的夏末，工作越来越难，我在医院如履薄冰。他好像也很忙，工作中有很多应酬。大部分时候，晚上我睡了他才回来，第二天我去上班他还睡着。

有一晚他喝醉了酒回来，话都说不清楚。

我很少见过他喝这么多的酒，忍不住气不打一处来，一边给他泡醒酒茶，一边生着闷气。

后半夜他胃疼得厉害，去医院折腾了一夜。我该做的做，就是不想和他说话。

端午节那天，去我爸妈家。

他工作忙，还是赶着时间请了假来接我，他很慢地开着车，一直斟酌着和我说话，又不知道怎么开口。

“还生我的气？”他的声音特别轻。

我没开口。

“最近我没喝酒，真的。”

我偏过头看他。

“骗你是猪。”他说。

他一只手把着方向盘，腾出另一只手来握着我的手，说：“这几天你不搭理我，我都睡不好。”

听他声音都低了，人也受了罪，我也懒得再生气。

还是拉不下脸来，只是说：“谁让你和我吵的？”

他看我一眼：“没想和你吵，你一生气就不说话，我问不出来也不知道怎么办，都是些小事儿，以后都听你的，不吵了好不好？”

我莫名心疼，看着他：“不许再喝酒。”

他笑道：“知道了，老婆。”

路程还长，我们说了好多。

红灯，他停下车，我叹了口气：“压力真的好大。”

他想了想，说：“要不辞职吧，就待在家里，想怎么玩怎么玩，做点喜欢的事，睡到自然醒多好，我养你。”

“不行，我还是想上班。”

“有人欺负你？”他问。

我摇摇头：“就是同事关系处不好。”

“妈不是认识那边的一个主任吗，给你换个科室？”

我当下就拒绝了。

“工作的事你别管啊，我想靠自己。别老什么事儿都让妈帮忙，我会很没面子的，你知不知道？”

他叹了口气：“这不是在想办法嘛。”

“还是我自己来吧。”

那个月虽然事情多，但感情渐渐趋于稳定，开始有了平常夫妻的味道，生活也步入正轨。

端午过后是七夕，他买了很多花和礼物。

我不太喜欢这些花里胡哨的东西，不免批评他乱花钱。

他总会笑着说："这怎么能是乱花钱呢？你又不是别人。"

"可是很浪费啊，我又不养花。"

"我给你养好不好？"

我直接泼冷水："那还是算了吧，你一天天的忙完回来都不知道几点了，还不是得留给我，以后别搞这些没用的了。"

过了两天，下班回到家。

我看到他在窗台上捯饬花草，弯着腰很耐心的样子，慢慢浇水，一边搜索，一边念出来："一周浇一次水，每次水要少一些……"

那一瞬间，一颗心好像又柔软了。

小两口婚前婚后总是会不同，相处也要讲究方式。

我性格敏感执拗，不像他什么都不往心里放，处理事情的方式也不同，很难互相去理解各自的痛苦，说不明白，没人懂，久了，像熬糖浆，越来越浓稠。

11.

吵过很多小架，真正冷战是在九月。

李巍然是那种我不能说压力大，一说他就会偷偷跑去给我递辞呈的人，然后带我出去玩，不上班，管他天地奈何。

为此我们吵了很严重的一场架。

那个夜晚他大概很难过，我一回家就不理他，他怎么说话都没用，一直到深更半夜，月上树梢。

外面下起了雨，我去关窗，他从外面喝酒回来。

见他又喝得烂醉，我理都不想理他。

他扯住我的胳膊，一身酒气地看着我："你和我说说话。"

我甩开他的手。

"我现在不想和你说话。"

他不依不饶："你为什么不想和我说话？"

我看都不看他，就往卧室走。

他直接拽过我的胳膊，低下头，呼吸沉重："我每次做什么你都不满意，你现在有自己的工作了，就对我不那么上心了是吗？"

我不喜欢他满嘴酒气，冷眼看他。

他哼笑："你有自己的圈子，什么事都自己拿主意，我说什么你都不喜欢，好像总是不开心。你告诉我，你是不是外面有人了？"

我："你胡说什么？"

"难道不是吗？你什么时候对我满意过？"

"你喝醉了，清醒了再和我说。"

我使劲想甩开他，却甩不掉，他的力气实在太大，禁锢着我的双臂，微微低下头，眼里有些怒气和血红。

"我就要现在说。"他声音冷冽。

空气凝滞，安静得恐怖。

结婚以来，工作不顺，心情不畅，好像我所有的郁结都在那一夜爆发。我看着他，近乎冷漠地开口："你理解过我吗？"

他的眼神暗了一下。

我说："这半年我在医院战战兢兢，被同事排挤，就想做得好一点，可总是做不好，你知道我有多糟糕吗？我觉得自己很差劲。你问过我的心情吗？你问过，但你是怎么做的？不是买东西哄我就是带我出去玩。你总是这样，可我心里不痛快，你总是在用你理解的方式去做，但我需要的是安慰。你不觉得我们在生活上一点都不合适吗？你喜欢这样，可是我不喜欢。”

他看着我，陷入了沉默之中。

“这次更离谱，直接跑去医院替我辞职。你问过我意愿吗？”

他的嘴唇动了动。

“我以为你会开心。”他慢慢地说。

我冷笑：“我要的是解决问题，想让自己进步，可我能力不够就是解决不了，换了地方就能重新开始吗？我不喜欢遇到问题就逃避，可你直接替我去辞职，你觉得这样就是对我好吗？”

吵架声或许太大，雨更大了。

我越说越厉害：“还有每次吵架我都只想安静，可你总是一个劲地发消息，我很烦。你让我一个人静一静可以吗？我真的不喜欢你这样，我觉得我们都需要冷静，重新考虑这段关系。”

听到这句话，他抬头看我。

我忽然意识到这句话说重了，可那时候还在气头上，什么都不在乎，只想赶紧逃离。我很用力地挣脱开他的手，进了卧室。

好像过了很久很久，门打开了。

我背对着闭上眼，假装睡着了。

他身上的酒气更重，好像是又喝了点酒，靠着房间的墙，声音很低：“如果你是因为我没经过你同意就去替你辞了工作，你怪我也好，我只是不想你每天回家都一堆心事。如果一份工作做得不开心，为什么不叫停，当下止损呢？”

我没有说话。

他继续道:“你是不撞南墙不回头的人，隐忍不说，然后自己憋着。可是孟光，这种方式不一定对，我做事是挺随性，却也是经过深思熟虑的，看怎样对你更好。”

窗外的风吹起来，拍打着窗户。

他的声音更轻：“我只是想让你开心一点。”

我当时太生气，他的话一句都听不进去，从床上坐起来，看着他，表情实在太冷漠，大概是伤了他的心吧。

“孟光。”他看向我。

“我并不开心。”

他眸子里的光更淡了。

我：“你做的事我不喜欢。”

那一刻，卧室好像比刚才更安静了。

他静静地看了我一会儿，低下头去，过了几秒钟才缓缓开口，声音低了又低：“你不喜欢？”

空气里静默一瞬，他忽地笑了一声。

我那会儿一句话都不想说，只想一个人静静地待着。

两个人僵持了一会儿，我抱起被子就往书房走。

听到身后的他淡淡地出声：“你爱过我吗？”

我停下脚步。

他沉沉地叹了口气，说：“这一年多以来好像都是我追着你跑，怎么做你都不太满意，有了事不愿意和我说，我也问不出来。那天我和你说想要个小孩，你也说不要。”

客厅安静得只剩下钟表的滴答声。

“我们先分开一段时间吧。”我最后说。

12.

我申请了三个月的进修，去宜兴。或许是为了逃避，只想躲个清静。工作进展不顺利，和他的关系又一团糟，我实在有些受不了了。

他还是一直喝酒，借酒消愁。

有时候他打来电话，往往说一两句我就挂了。半夜惊醒去喝水，发现手机里他的电话，也坐视不理。当时进修太忙太累，我什么都不想说。

那些白天和夜晚，他见不到我，打电话又说不了几句，想请年假来陪我，我也拒绝了。

他无处发泄就去喝酒，喝醉了打电话给我，我也不接。

现在想来，他那时应该很痛苦吧。

后来医院临时召回，我提前结束了进修。

那一阵子心情缓得差不多了，气也消了一大半，想着可以和他平静地说说话。爸妈也打电话过来劝和，毕竟是有感情的，也不愿伤他的心，我缴械投降，同意和好。

他为了陪我，提前几天连续换班。

那天他从机场接我回家，他一脸疲惫地开着车，偶尔问我两句，我们都没有好好说过话。

晚上妈打来电话：“巍然最近太忙了，一直上夜班。他明天放假，你多照顾一下，先好好休息两天。”

我不免有些心疼。

妈说："这些天他的状态不好，我挺担心的。"

我的心一揪："他生病了吗？"

"看着没什么问题，就是脸色难看得很。"

我那会儿有种不太好的预感，却也只是预感，没太往心里放，只是说了句："我知道了妈，明天我过去接他下班吧。"

第二天下午，我开了车过去。

他从公司大门出来，穿着休闲的灰色衬衫和牛仔裤，熬了几个大夜班，头发乱糟糟的，看着不太精神。

我开得慢，他渐渐放松下来。

"这几天累坏了吧？"我问。

他努力睁开眼，对着我笑了笑。

我说："这几天工作慢慢顺利了，你不用再担心我，假期好好休息，我们出去走走玩玩，好不好？"

他很轻很轻地"嗯"了一声。

"然后明天睡个懒觉，去看部电影吃顿大餐吧。"我说。

"好。"

"对了，许嵩最近有个演唱会，我还没抢到票。"

他说："我想想办法。"

"那晚上回去我找个攻略。"

他说："孟光，我好累。"

这声音太有气无力，我偏过头，他靠在副驾驶座椅背上，头微微倚着窗，睡得很平静，看起来好像累坏了，呼吸都没有声音。

"你睡会儿，到了我叫你。"

13.

那天他话特别少，很乖。

刚到家，我放下包，关上门，就看他直接进去卧室躺下了。我跟进去，坐在床边，看他的脸，一身疲惫。

我把手放在他的额头上，轻声叫他。

他闭着眼，慢慢抬手握着我的手。

我说："吃了再睡吧。"

他说："不想吃，想睡一会儿。"

"那一会儿我叫你。"

他说："好。"

这是我们之间说的最后一句话。

他说了好，我就去了厨房帮忙。

妈在炒菜，还笑着说："一会儿巍然醒了肯定就饿了。"

我说："给他多留一点。"

没两句话，卧室里忽然传来一阵动静。那是一种噎着嗓子吼的声音，我匆忙往卧室跑。

他蜷在床上，全身青紫，我以为是癫痫，赶紧掰他的嘴。慢慢感觉不对，他的脸开始发白，呼吸也开始不对劲了。

我着急地问："你怎么了？"

他说不出话来，死死地抓着我的手。

妈赶紧打120，小区当时住了好多专科医院的医生，妈一呼救，急救科和胸外科的主任迅速赶来家里抢救，一刻都没耽误。

我站在一旁，浑身直哆嗦。他全身开始颤抖，手也抓得更紧了。一双眼睛慢慢没了焦距，我怎么叫他都听不见。

我的眼眶湿透："李巍然——"

他再也听不到了。

我一直叫他："李巍然——"

他闭上了眼睛。我泪水夺眶而出，摇着他的手，陷入巨大的恐惧之中，慌张得语无伦次："我还没和你好好说说话。"

房间里只剩下我的哭声。

我握着他的手，不太敢相信这是真的。就几分钟前，他还在和我说话。我说你睡一会儿，吃饭我叫你。他说了好。

看着医生们把他送去医院，我如行尸走肉一般跟着。他握着我的手特别紧，好几个医生费了老大力气才掰开。

他的手一松，我就哭了。

14.

凌晨的医院走廊安静得可怕，一丝风都没有。

我坐在那儿，听着主任和妈说："这是心源性猝死伴低钾血症，他最近熬夜喝酒太多了，一下子太痛苦，抢救不过来。"

那几天怎么过来的我已经想不起来了，医生说是我有些创伤后遗症。我总是一个人待在房子里，坐在他那晚躺过的床上，抱着被子，也不说话。

睡不着的时候，我就一直想他。

这几个月他经常半夜打电话，熬夜伤身，又老喝酒。我进修的这段时间，他瘦了十几斤，为了接我又连夜换班，我却没有体谅过他。

他说我不爱他，怎么会呢？我只是性格沉闷，不爱表达。

结婚之后我做什么他都陪着我，不让我做家务，我一干活就和我抢，幼稚得像个孩子，说：“歇会儿再弄。”

我们之间，从来都是他在付出。

既想要他无微不至地把我当小孩宠，又希望他成熟稳重，可如果有一天他稳重了，又怎么会死皮赖脸地哄我呢？

可是我懂得太晚了。

有一天晚上，我在阳台坐了一夜，屋子里空荡荡的，很冷清。

厨房再也没有做得一团糟的家务，床的另一半永远冰凉。偌大的房子里，再也听不到开门声，孤单得像冷窖。

阳台的花开得特别好，他真的说到做到，哪怕是我离开的这几个月，他也在努力养着。

我看着那些花，好像一回家，看到他站在那儿，弯着腰，低头浇水，一边搜索，一边说着：“一周浇一次水，每次水要少一些……”

想起那些事，我恨不得死的人是我。

我心情不好，他不知道怎么哄，就用自己的方式去做，买猫，养花，做家务，烧菜，带我去玩。他很努力在做，可是我看不到，还埋怨他不理解我，和他吵架，说了那么多伤人的话。那些日子，他一定很难过吧。

可是再也没有人像他那样对我好了。

15.

他走了三个月后，我慢慢平静下来。

朋友会带小孩来找我玩，担心我一个人待着不好。她的小孩很乖，在房间里跑来跑去也不闹腾，就自己和自己玩。

我忽然想起，在半年前。

有一天，他说："我们要个小孩吧。"

我当时觉得都没长大，不同意。

他缠着我哄了好久，说："你看堂哥家的糖果多可爱，我们要是有了孩子，就叫糖豆，好不好？"

我白他一眼："你还让糖果叫你小爸，羞不羞。"

他就笑。

直到他去世，糖果还不太会说话。

那半年我一直走不出来，一个人的时候就会想他。我辞了工作，打算一个人出去走走停停。走的那天，堂嫂带了糖果来送我。

我看到糖果，想起他。

忽然听见糖果喊我："小妈——小妈。"

只是一刹那，我抬起头，就在那一瞬间反应过来。

他每次抱着糖果玩，教糖果说话的时候，要她叫他小爸，叫我小妈。

我开始颤抖着哭了起来。

后记

《这世界那么多人，我遇见你》这个短篇是二〇一九年一个读者给我讲的她的故事，那一年她丈夫刚去世不久，她陷入了巨大的悲痛之中，晚上睡不着，直到遇见了李春雨。

记得她说得最多的一句话是："那时候我对他不好，他应该是很难过吧。"

当时听完故事，我想屏幕那头的她大概哭了。

后来经她同意，我在两年后的二〇二一年，复述了他们之间的故事，故事情节都是在真实的基础上加以改编，这是送给她的回忆，所以有一部分记录是原话。

直到现在我依然很难过，难过那样一个阳光帅气的男孩子在本该美好生活的年纪失去了生命。

此篇，算是一个纪念。

纪念这伟大又浮躁的人世间，曾经逝去的亲人，他们将永远陪伴身旁，保佑我们这些活着的人。

好好活着，坦荡并足够自信地活着。